이반 일리치의 죽음

러시아 고전산책 02

이반 일리치의 죽음

초판 1쇄 2003년 7월 15일
개정판 1쇄 2011년 9월 1일 | **개정판 8쇄** 2025년 5월 20일

지은이 레프 톨스토이 | **옮긴이** 고일
펴낸이 박진숙 | **펴낸곳** 작가정신
편집 황민지 | **디자인** 이현희
마케팅 김영란 | **재무** 이하은
인쇄 및 제본 한영문화사

주소 (10881) 경기도 파주시 광인사길 143 2층
대표전화 031-955-6230 | **팩스** 031-955-6294
이메일 editor@jakka.co.kr | **블로그** blog.naver.com/jakkapub
페이스북 facebook.com/jakkajungsin | **인스타그램** instagram.com/jakkajungsin
출판 등록 제406-2012-000021호

ISBN 978-89-7288-394-4 03890

이 책의 판권은 저작권자와 작가정신에 있습니다.
이 책 내용의 전부 또는 일부를 재사용하려면 양측의 서면 동의를 받아야 합니다.

이반 일리치의 죽음

레프 톨스토이 지음 | 고일 옮김

Смерть Ивана Ильича

Лев Н. Толстой

일러두기

1. 이 책은 Л. Н. Толстой, Собр. соч. в 22. томах(Москва : 1978~1985) 중 제3권의 「세 죽음 Три смерти」, 제12권의 「이반 일리치의 죽음 Смерть Ивана Ильича」, 「주인과 하인 Хозяин и работник」을 온전히 옮긴 것이다.
2. 각주는 모두 옮긴이 주다.
3. 베르스타, 사젠, 아르쉰, 데샤티나 등 미터법 시행 전 러시아에서 쓰였던 단위들은 당시의 분위기를 살리고자 그대로 두되, 처음 언급될 때 옮긴이 주로 설명했다.

차례

이반 일리치의 죽음　007
세 죽음　125
주인과 하인　159

역자 후기　267
톨스토이 연보　278

이반 일리치의 죽음

1

멜빈스키 사건을 심리하던 판사들과 검사는 휴식 시간에 법원 본관에 위치한 이반 예고로비치 세벡의 집무실에 모여 유명한 크라소프 사건에 대해 얘기를 나누었다. 표도르 바실리예비치는 증거를 대며 이 건이 법원의 소관이 아니라고 열을 올렸지만 이반 예고로비치는 조금도 자신의 주장을 굽히지 않았다. 표트르 이바노비치는 처음부터 두 사람의 논쟁에 끼어들지 않고 조금 전 배달된《베도모스티》[1]를 훑어보기 시작했다.

"여러분."

그가 말했다.

1 '통보'라는 뜻.

"이반 일리치가 사망했습니다."
"정말입니까?"
"정말입니다. 자, 읽어보십시오."

그는 표도르 바실리예비치에게 아직도 잉크 냄새가 풍기는 갓 나온 신문을 건네며 말했다.

진한 검은색으로 테를 두른 곳에는 다음과 같은 기사가 실려 있었다.

"저 프라스코비야 표도로브나 골로비나는 비통한 마음으로 사랑하는 남편이자 공소원 판사였던 이반 일리치 골로빈이 1882년 2월 4일 유명을 달리했음을 일가친척에게 알리는 바입니다. 발인은 금요일 오후 한시입니다."

이반 일리치는 방 안에 모인 신사들의 동료였고 모두 그를 좋아했다. 그는 벌써 몇 주째 와병 중이었는데 고치기 어려운 병이라고 했다. 그의 자리는 계속 유지되고 있었지만 그가 사망할 경우 알렉세예프가 그 자리를 승계하고, 알렉세예프의 자리는 빈니코프나 슈타벨이 승계할 것으로 예상되고 있었다. 때문에 이반 일리치의 사망 소식을 접하자 집무실에 모인 신사들의 머리에 떠오른 첫 번째 생각은 이 죽음이 자신 또는 자신이 아는 이들의 자리 이동이나 승진에 어떠한 의미를 갖느냐는 것이었다.

'이제 슈타벨이나 빈니코프의 자리는 아마 내 차지가 되겠지.

이미 오래전에 내정된 거니까. 이 승진은 내게 근사한 집무실 외에도 연간 800루블의 수입 증가를 가져다줄 거야.'

표도르 바실리예비치가 생각했다.

'이젠 처남을 칼루가에서 전출시키는 문제를 청탁해봐야겠군. 아내가 무척 좋아하겠지. 그러면 내가 처가 식구들을 위해 아무것도 안 했다는 말은 못 할 거야.'

표트르 이바노비치는 생각했다.

"그 사람, 병상에서 일어나지 못할 거라는 생각이 들더군요."

표트르 이바노비치는 소리 내어 말했다.

"안됐어요."

"구체적인 병명이 뭐랍디까?"

"의사들도 확답을 못 합디다. 아니 진단은 했는데 저마다 달라요. 나만 해도 고인을 마지막으로 봤을 때 병세가 호전될 것 같았거든요."

"난 명절이 시작된 이래 한 번도 문병을 가지 못했어요. 항상 마음만 앞섰지요."

"근데 남긴 재산은 좀 있답디까?"

"부인이 가진 게 좀 있나 본데 미미하다네요."

"가봐야 되겠지요. 근데 너무 멀어요."

"당신 집에서야 그렇지요. 당신 집에서는 모든 게 다 머니까요."

"저 양반은 내가 강 건너 사는 걸 용서하지 않는다니까."

표트르 이바노비치는 세벡에게 빙긋이 웃으며 말했다. 그러자 신사들은 시내의 어디에서 어디까지 거리가 얼마라는 둥 얘기를 나누다가 법정으로 향했다.

동료의 죽음이 사람들 저마다의 가슴속에 불러일으킨 것은 자리 이동이나 직위 변경에 관한 생각만은 아니었다. 비록 친한 동료가 죽었지만 막상 사망 소식을 접하자 사람들은 으레 그렇듯이 자기가 아니라 그가 죽은 데 대해 안도하는 듯했다.

'난들 어쩌겠어. 그는 죽었지만 난 살아 있는데' 라고 저마다 생각하거나 그렇게 느꼈다. 이른바 이반 일리치의 친구들이라는 가까운 지인들은 이렇게 생각하면서도 자신도 모르는 사이에 내키지 않는 인사치레를 해야 하고 미망인을 위로할 겸 추도 미사에 가봐야 한다는 생각을 했다.

그들 중 가장 가까운 이들은 표도르 바실리예비치와 표트르 이바노비치였다. 표트르 이바노비치는 법학교 동창이었고 이반 일리치에게 신세를 많이 졌다고 생각하고 있었다.

표트르 이바노비치는 식사 중 아내에게 이반 일리치의 사망 소식과 처남을 인근 지역으로 전출시킬 방안을 들려준 후 숨 돌릴 겨를도 없이 프록코트로 갈아입고 이반 일리치의 집으로 향했다.

이반 일리치의 집 입구에는 사륜마차 한 대와 이륜마차 두 대가 서 있었다. 아래층 현관에 있는 옷걸이 옆에는 금실과 금술로 장식된 천과 함께 번쩍번쩍 빛나는 관 뚜껑이 벽에 세워져 있었다. 검은 옷을 입은 두 부인이 모피 코트를 벗는 중이었다. 한 사람은 이반 일리치의 누이동생으로 안면이 있었고, 다른 한 사람은 모르는 여성이었다. 슈바르츠가 위층에서 내려오다가 막 현관으로 들어서는 동료 표트르 이바노비치를 발견하고는 걸음을 멈추고 윙크했다. 그 의미는 마치 '이반 일리치는 바보야. 하지만 당신과 나는 다르지' 같았다.
　영국식 턱수염을 기르고 프록코트를 입은 슈바르츠의 마른 모습은 항상 그러하듯이 우아한 장중함을 발산하고 있었는데, 이 장중함은 슈바르츠의 경박한 성격에는 모순되는 것이었지만 여기서는 나름대로 그럴듯해 보였다. 표트르 이바노비치에게는 그렇게 비쳤다.
　표트르 이바노비치는 부인들을 지나가게 한 후 천천히 이들을 따라 계단을 올라갔다. 슈바르츠는 내려오지 않고 계단에 멈춰 서 있었다. 표트르 이바노비치는 그 이유를 알아차렸다. 슈바르츠는 오늘 그에게 브리지게임 하는 곳에 같이 가자는 약속을 하고 싶었던 것이다. 부인들은 미망인을 만나러 계단을 올라갔고, 슈바르츠는 입은 굳게 다물었지만 장난기 섞인 눈길을 보내며 눈썹을 움직여 고인이 안치되어 있는 오른쪽 방을 가리켰다.

표트르 이바노비치는 항상 그러하듯이 거기서 뭘 해야 할지 모른 채 방으로 들어갔다. 그러나 단 한 가지, 이런 경우 성호를 그으면 절대로 손해나지 않는다는 것은 알고 있었다. 고개를 숙여 절도 해야 하는지에 대해서는 자신이 없었다. 그래서 그는 중간 책을 택했다. 방에 들어서면서 절하는 것처럼 몸을 약간 숙이고 성호를 긋기 시작한 것이다. 동시에 그는 양손과 머리의 동작이 허용하는 범위 내에서 방 안을 둘러보았다. 김나지움 학생을 포함해 조카인 듯한 젊은 친구 둘이 성호를 그으며 방을 나가고 있었다. 한 노파는 꼼짝도 않고 서 있었다. 그리고 눈썹을 희한하게 치켜세운 부인이 그녀에게 귓속말을 하고 있었다. 프록코트를 입은, 씩씩하고 단단해 보이는 수도사는 어떤 이의든 용납하지 않겠다는 듯한 표정으로 큰 소리로 뭔가를 읽고 있었다. 집사 일을 돕던 하인 게라심이 날렵한 걸음으로 표트르 이바노비치 앞을 지나가다 바닥에 뭔가를 떨어뜨렸다. 그 장면을 보던 표트르 이바노비치의 코에 곧바로 시신이 부패하는 냄새가 희미하게 느껴졌다. 표트르 이바노비치는 최근에 이반 일리치를 방문하면서 이 하인을 본 적이 있었다. 충실히 시중을 드는 그를 이반 일리치는 각별히 아끼고 있었다. 표트르 이바노비치는 연신 성호를 그으며 관과 사제, 그리고 구석에 있는 테이블 위의 성상을 향해 허리를 굽혔다. 그러다가 손으로 성호를 긋는 동작이 어느 정도 되었다는 느낌이 들자 그는 잠시 동작을 멈추고 고인을 살펴보기 시작했다.

고인은 죽은 사람들이 으레 그러하듯이 특히 무겁게 누워 있었다. 즉, 죽은 사람답게 뻣뻣해진 팔다리가 관 바닥에 잠겨 있었고 머리는 영원히 숙여진 채 베개 위에 놓여 있었다. 또한 죽은 사람들이 항상 그러하듯이 움푹 꺼진 관자놀이 위로 노랗게 빛바랜 밀랍 같은 이마와 마치 끝이 윗입술을 누르는 듯한 우뚝 솟은 코가 있었다. 고인은 표트르 이바노비치가 마지막으로 본 이래 더 쇠약해져 있었고 또한 많이 변해 있었다. 그러나 죽은 이들이 다 그렇듯이 그의 얼굴은 훨씬 보기 좋았다. 게다가 살아 있을 때보다 더 의미심장해 보였다. 얼굴에서는 할 일을 했다는, 아니 할 일을 제대로 했다는 걸 읽을 수 있었다. 그뿐만이 아니었다. 산 자에 대한 원망, 경고 같은 것도 담고 있었다. 그러한 경고를 표트르 이바노비치는 적절치 않다고 여겼다. 아니 적어도 자기 자신에게는 해당되지 않는다고 생각했다. 그렇긴 해도 왠지 찜찜한 기분이 들어 표트르 이바노비치는 다시 한 번 서둘러 성호를 그었는데 그 자신이 생각해도 실례가 될 정도로 너무 급히 그었다. 그러고는 몸을 돌려 문을 향해 걸어갔다. 슈바르츠는 이어진 방에서 다리를 벌리고 선 채 뒷짐을 지고 양손으로 실크해트를 만

지작거리며 그를 기다리고 있었다. 슈바르츠의 경쾌해 보이고 깔끔하며 우아한 모습을 보는 것만으로도 표트르 이바노비치는 상쾌한 기분이 들었다. 표트르 이바노비치는 슈바르츠가 이곳 상가의 분위기는 물론 마음을 짓누르는 감정 등에는 전혀 신경을 쓰지 않는다는 것을 깨달았다. 슈바르츠의 모습은 말하고 있었다. '이반 일리치의 추도미사 건은 법원의 재판 절차가 훼손되었다고 인정할 만한 충분한 사유가 되지 못합니다. 즉, 오늘 저녁에 집사가 테이블에 새 양초 네 개를 갖다놓는 동안 새 카드를 한 벌 뜯어 섞는 일이 절대로 방해받아서는 안 된다는 겁니다.' 실제로 슈바르츠는 표트르 이바노비치가 곁을 지나가자 그렇게 말하며 표도르 바실리예비치의 집에서 만나 한판 하자고 했다. 그렇지만 표트르 이바노비치는 오늘 저녁에 브리지게임을 즐길 운명이 되지 못하는 것 같았다. 프라스코비야 표도로브나는 키가 작고 뚱뚱한 여인이었는데 아무리 노력해도 어깨선 아래로 몸이 퍼지는 건 어쩔 수 없었다. 눈썹은 관 맞은편에 서 있는 부인처럼 희한하게 치켜세워져 있었고, 머리에는 레이스가 달린 베일을 쓰고 검은 옷을 입고 있었다. 그녀는 다른 부인들과 방에서 나와 이들을 고인이 안치된 방으로 안내한 후 "곧 추도미사가 시작됩니다. 들어가세요"라고 말했다.

슈바르츠는 어정쩡하게 인사를 하며 발길을 떼지 않았다. 그는 미망인의 제안을 받아들이지도 거절하지도 않는 것 같았다. 프라스코비야 표도로브나는 표트르 이바노비치를 알아보고 한숨을 내쉰 뒤 그에게 바싹 다가와서 그의 손을 잡고 말했다.

"이반 일리치의 절친한 친구셨다는 걸 알고 있습니다."

그녀는 그런 말에 합당한 행동을 그로부터 기대하며 그를 쳐다보았다.

표트르 이바노비치는 저쪽에서 아까 성호를 그어야 했듯이 여기서는 손을 잡고 한숨을 내쉰 후 "힘내십시오!"라고 말해야 된다는 것을 알고 있었다. 그래서 그렇게 했다. 그런 후 그는 원하는 결과가 나올 거라는 걸 느낌으로 알았다. 자기 자신은 물론 미망인도 감격했던 것이다.

"이리 오세요. 저쪽은 시작하려면 아직 시간이 있어요. 말씀드릴 게 좀 있어요. 팔 좀 주세요."

미망인이 말했다.

표트르 이바노비치는 그녀가 팔짱을 낄 수 있도록 팔을 내밀었다. 그들은 슈바르츠를 지나 안쪽의 방을 향해 걸어갔다. 슈바르츠는 서운한 표정을 지으며 그에게 윙크를 했다. 그는 장난기 어린 눈으로 '브리지게임은 물 건너갔네요. 다른 사람을 물색해도 우릴 탓하지 마십시오. 그래도 올 수 있으면 오세요. 다섯이 해도 될 겁니다'라고 말하고 있었다.

표트르 이바노비치는 아까보다 더 깊은 한숨을 땅이 꺼져라 내쉬었고 프라스코비야 표도로브나는 그런 그가 고마워 그의 팔을 꼭 잡았다. 그들은 분홍색 크레톤 사라사[2]가 사용되었고 램프 불빛이 은은한 미망인의 응접실로 가서 테이블 가에 앉았다. 그녀는 소파에, 표트르 이바노비치는 낮고 푹신한 의자에 앉았는데 의자의 스프링이 망가져서 앉을 때 여기저기가 불편했다. 프라스코비야 표도로브나는 그의 주의를 환기시켜 다른 의자에 앉도록 하려 했으나 현재의 자기 처지에 생각이 미치자 그런 배려는 부적절하다고 생각하여 그냥 두었다. 표트르 이바노비치는 낮은 의자에 앉아 이반 일리치가 이 거실을 꾸미며 그에게 분홍색 크레톤 사라사에 초록색 잎 모양이 들어간 걸 쓰면 어떻겠느냐고 자문을 구하던 일을 떠올렸다. 미망인이 소파에 앉기 위해 테이블 옆을 지나가다가(응접실은 온갖 소품과 가구로 가득했다) 검은 케이프의 검은 레이스가 테이블의 조각 부분에 걸리고 말았다. 표트르 이바노비치가 그녀를 돕기 위해 자리에서 일어섬과 동시에 그의 무게에 눌려 꼼짝 못하던 의자가 부르르 떨며 그를 밀쳐냈다. 미망인이 스스로 레이스를 떼어내려 하자 표트르 이바노비치는 조금 전 자기를 밀쳐낸 의자를 다시 깔고 앉았다. 그러나 미망인은 레이스를 떼어내지 못했고 그가 몸을 일으키자 의자는 삐걱대

2 커튼이나 의자, 소파에 쓰이는 고급 천

며 다시 저항했다. 그러다 마침내 이 모든 게 끝나자 그녀는 깨끗한 면 손수건을 꺼내 흐르는 눈물을 훔치기 시작했다. 그러나 레이스가 테이블 장식에 걸리고 의자가 삐걱댄 일에 기분이 가라앉은 표트르 이바노비치는 얼굴을 찡그리며 앉아 있었다. 이런 어색한 상황을 종료시킨 사람은 이반 일리치의 집사인 소콜로프였다. 그는 프라스코비야 표도로브나가 점찍은 묏자리는 200루블이 든다고 보고했다. 미망인은 울음을 그치고 희생하는 표정으로 표트르 이바노비치를 힐끗 본 후 자신의 처지가 매우 어렵다고 프랑스어로 말했다. 표트르 이바노비치는 그럴 수밖에 없는 그런 처지를 백분 이해한다는 말없는 신호를 보냈다.

"담배 피우세요."

그녀는 상냥하고 부드럽게 말하고는 소콜로프와 묏자리 가격 문제를 협의하기 시작했다. 담배에 불을 붙이는 표트르 이바노비치의 귀에 미망인이 묏자리와 가격에 대해 하나하나 자세히 물어보다가 결국 알맞은 가격의 자리로 결정하는 소리가 들려왔다. 이외에도 묏자리 문제를 결정하자 미망인은 성가대 문제에 관한 지시를 내렸고 소콜로프는 자리를 떴다.

"제가 다 직접 처리한답니다."

미망인은 테이블 위에 있던 앨범들을 한쪽으로 밀며 말했다. 그러다 담뱃재가 테이블에 떨어질 듯 말 듯 하는 걸 보고 재빨리 표트르 이바노비치에게 재떨이를 밀어주며 말했다.

"마음이 너무 아파서 일상생활에 신경을 쓰지 못한다는 건 제 생각에 위선이에요. 사실 정반대죠. 제게 위안을 주지 못하더라도……. 신경을 딴 데 쓰도록 하는 게 있다면 그건 그이에 대해 신경 쓰는 일이랍니다."

그녀는 다시 울려는 듯 손수건을 꺼내들었다. 그러다 갑자기 마음을 단단히 먹은 양 자신을 추스르고 침착하게 말했다.

"저, 말씀드릴 게 있어요."

표트르 이바노비치는 정중하게 고개를 숙였다. 의자의 스프링이 꿈틀대자 이번에는 아까처럼 들고 일어나도록 허락하지 않았다.

"그이는 요 며칠간 엄청나게 힘들어했어요."

"엄청나게 힘들었다고요?"

표트르 이바노비치가 물었다.

"네, 끔찍했어요! 마지막 몇 분간이 아니라 몇 시간 내내 소리를 질렀어요. 사흘간 잠시도 쉬지 않고 연달아 소리를 질러댔답니다. 견딜 수가 없었어요. 어떻게 그걸 견뎌냈는지 저 자신도 모르겠어요. 방문 세 개를 지나서도 들렸으니까요. 아, 어떻게 그걸 다 제가 견뎌냈는지!"

"바깥양반은 의식이 있었나요?"

표트르 이바노비치가 물었다.

"네."

미망인은 속삭이는 목소리로 말했다.

"마지막 순간까지 있었어요. 그이는 죽기 십오 분 전에 우리에게 작별을 고했어요. 볼로쟈를 데리고 나가라고까지 한걸요."

처음에는 그저 매사가 즐겁기만 한 어린애, 학생, 다음에는 어른이 되어 동료로서 가까이 알고 지내던 한 인간이 고통을 받았다는 데 생각이 미치자 자신과 눈앞의 여성의 위선이 불쾌하게 느껴졌음에도 표트르 이바노비치는 갑자기 섬뜩해졌다. 그의 눈앞에 고인의 이마, 입술을 누르는 듯한 코가 다시 나타나자 그는 겁이 덜컥 났다.

'꼬박 사흘간 엄청난 고통에 시달리다가 죽었다. 언제든지 내게도 닥칠 수 있어'라고 생각하며 그는 일순간 몸서리를 쳤다. 그러나 곧 어떻게 된 영문인지 모르게, 그건 이반 일리치에게 일어난 일이지 자기에게 일어난 게 아니며 또 일어날 리도 없다는 지극히 평범한 생각이 그의 편을 들었다. 뿐만 아니라 슈바르츠의 얼굴에 나타나 있었듯이 어두운 생각에 빠져들어야 할 이유가 없다는 생각도 그의 편이 되어주었다. 그렇게 생각이 정리되자 표트르 이바노비치는 안심이 되어 비로소 관심을 갖고 이반 일리치의 사망에 관해 자세히 물어보기 시작했다. 마치 이반 일리치만 죽을 운명을 타고났지 자기 자신은 그렇지 않다는 투였다.

이반 일리치가 겪은 정말 끔찍했던 육체적인 고통에 대해 여러 모로 소상히 얘기를 나눈 후(그 고통이 구체적으로 어떠했는가를 표트르 이바노비치는 그것이 프라스코비야 표도로브나의 신경을 얼마나 자극했는가를 통해 추측할 따름이었다) 미망인은 본론으로 들어갈 필요성을 느꼈다.

"아, 표트르 이바노비치, 너무 힘들어요, 정말 너무 힘듭니다, 너무너무 힘들어요."

그녀는 이렇게 말하며 다시 울음을 터뜨렸다.

표트르 이바노비치는 한숨을 쉬며 그녀가 코를 풀기를 기다렸다. 그러다 마침내 그녀가 코를 풀자 그는 말했다.

"힘내십시오."

그러자 그녀는 다시 열심히 얘기를 하기 시작했고 이어서 그에게 정작 하고 싶었던 말을 꺼냈다. 그것은 남편이 사망했는데 어떻게 하면 국가로부터 지원금을 받을 수 있는가와 관련된 질문들이었다. 그렇긴 하나 겉으로는 표트르 이바노비치에게 연금에 관해 조언을 구하는 척했다. 그러나 그는 그녀가 세세한 것, 심지어 그 자신은 모르는 것까지 죄다 알고 있다는 걸 알아차렸다. 미망인은 지금처럼 남편이 사망한 경우 국가로부터 뜯어낼 수 있는 게 무엇인지 다 알고 있었다. 그녀가 알고 싶었던 건 혹시 돈을 더 뜯어낼 방법이 없을까 하는 것이었다. 표트르 이바노비치는 방법을 찾아보려고 고심했다. 그러나 좀 생각하다가 예의상 정부의 인색함을 탓하며 더 이상 받아내는 건 불가능하다고 말해주었다. 그러자 그녀는 한숨을 내쉬었는데 이제 어떻게 하면 이 조문객으로부터 벗어날 수 있을까 궁리하는 눈치였다. 그는 그녀의 마음을 알아차리고 담배를 끈 후 자리에서 일어나 악수를 하고 옆방으로 갔다.

표트르 이바노비치는 이반 일리치가 만물상에서 구입하고 나서 무척이나 아끼던 시계가 서 있는 식당에서 신부와 추도미사에 참석하러 온 이들을 만났다. 이들 외에 그가 아는 아름다운 한 숙녀가 눈에 띄었는데 다름 아닌 이반 일리치의 딸이었다. 검은 상복을 입은 가느다란 허리는 더욱 가느다랗게 보였다. 표정은 어두웠고 딱딱하다 못해 화가 난 듯 보였다. 그녀는 표트르 이바노비치에게 인사하며 그가 마치 무슨 잘못이라도 저지른 사람인 듯한 표정을 지었다. 그녀 뒤편에는 그녀와 똑같이 못마땅한 표정을 짓고 있는 낯익은 부유한 젊은이가 서 있었는데, 예심판사로, 들은 바에 의하면 그녀의 예비신랑이었다. 표트르 이바노비치는 그들에게 숙연한 표정을 지으며 인사하고 그들을 지나 고인이 안치된 방으로 가려 했다. 그때 계단 아래에서 이반 일리치를 빼다박은 김나지움에 다니는 고인의 아들이 모습을 드러냈다. 아이는 표트르 이바노비치와 함께 법학교에 다니던 이반 일리치의 옛날 모습과 똑같았다. 울어서 퉁퉁 부은 두 눈은 순진함과는 거리가 먼 열서너 살 먹은 사내아이들에게서 흔히 찾아볼 수 있는 눈이었다. 소년은 표트르 이바노비치를 보자 표정이 일그러지며 창피하다는 듯 얼굴을 찌푸렸다. 표트르 이바노비치는 그에게 고개를 한 차례 끄덕이고 고인이 안치된 방으로 들어갔다. 추도미사는 촛불, 신음, 향불, 흐느낌과 함께 시작되었다. 표트르 이바노비치는 미간을 찌푸린 채 발끝을 바라보며 서 있었다. 그는 고인에게 단 한 번도 눈길을 주지 않고 감정을 끝까지 철저히 통제하다 맨 먼저 방을 나왔다. 옆방에는 아무도 없었다. 음식 운반을 돕던 게라심이 고인의 방에서 달려 나와 억센 손으로 외투들을 헤치고 표트르 이바노비치의 것을 찾아 건네주었다.

"그래, 게라심, 어때?"

그래도 뭔가 한마디는 해야 되겠기에 표트르 이바노비치는 이렇게 물었다.

"서운하지?"

"하느님 뜻이지요. 우리도 언젠가는 모두 그곳에 갈 건데요, 뭐."

게라심은 농부답게 튼실하고 하얀 이를 드러내 보이며 대꾸했다. 그러고는 일에 정신이 팔려 있는 사람처럼 힘차게 문을 열어젖히고 마부를 불러 표트르 이바노비치를 마차에 태운 후 마치 다음에 할 일이 무엇인지 생각하는 사람처럼 급히 현관으로 되돌아갔다.

향 냄새, 시신 냄새, 석탄산 냄새에서 벗어나 신선한 공기를 들이마시자 표트르 이바노비치는 비로소 살 것 같았다.

"어디로 모실깝쇼?"

마부가 물었다.

'아직 늦은 게 아니지. 표도르 바실리예비치에게 가자.'

이렇게 생각하고 표트르 이바노비치는 그리로 향했다. 그가 도착했을 때는 아닌 게 아니라 일회전이 끝나가던 참이어서 그가 끼어들어 다섯이 새 게임을 하기에는 더할 나위 없이 좋았다.

2

 이반 일리치의 과거는 지극히 단순 평범했고 한편으로는 대단히 끔찍했다.
 이반 일리치는 법원 판사로 재직하던 중 마흔다섯의 나이로 세상을 하직했다. 그의 아버지는 페테르부르크에서 크고 작은 관청의 여러 직책을 두루 거치며 출세가도를 달렸다. 중요한 업무를 관장할 수 있는 능력이 분명히 없음에도 근속 연수가 많고 직위가 높다 하여 쫓겨나지 않는 그런 출세였다. 그런 이들은 그런 이들을 위해 마련된 자리에 앉아 수천, 보통은 6,000에서 1만 루블까지 수령하며 지긋한 나이가 되기를 기다릴 수 있었다.
 3등 문관[3] 일리야 예피모비치 골로빈은 바로 이처럼 쓸데없이 설립된 관청에서 쓸데없이 한자리를 차지하고 있는 인물이었다.

그는 슬하에 아들을 셋 두었는데 이반 일리치는 그중 둘째였다. 큰아들은 다른 관청에서 아버지처럼 출세가도를 달렸고 어느덧 봉급에 대해서는 신경을 쓰지 않아도 되는 근속 연수에 가까워지고 있었다. 셋째아들은 실패작이었다. 그는 여러 자리를 전전하며 가는 곳마다 엉망으로 처신했고 지금은 철도청에서 근무하고 있었다. 아버지는 물론 형들 그리고 특히 형수들은 그런 그를 만나기 꺼려했다. 한걸음 더 나아가 꼭 필요한 경우가 아니면 그의 존재를 머리에 떠올리지도 않았다. 외동딸은 그레프 남작에게 시집갔는데 그 또한 페테르부르크에서 공직생활을 하고 있었다. 이반 일리치는 '가족의 자랑'이었다. 그는 큰아들처럼 차갑지도 지나치게 정확하지도 않았고, 막내아들처럼 분별력이 떨어지지도 않았다. 그는 그들의 중간으로, 똑똑하고 활달하며 대하기 편하고 예의 바른 인물이었다. 그는 동생과 함께 법학교에 다녔는데 5학년에 다니다 퇴학당한 동생과 달리 전 과정을 우수한 성적으로 마쳤다. 법학교에 다니며 형성된 그의 성격은 이후 평생 변하지 않았다. 재능 있고 밝으며 착한 데다 사교성까지 있었지만 자기 책임이라고 판단하는 것은 반드시 처리해내고야 마는 성격이었다. 그런데 그가 자기 책임이라고 판단하는 것의 범주에는

---

3 제정 러시아의 14관등 중 세 번째 고위 직급의 공무원.

윗사람들이 그렇다고 판단하는 것이면 모두 포함되었다. 그는 어렸을 때나 커서나 아첨과는 거리가 멀었다. 그러나 아주 어렸을 때부터 불빛을 향해 날아드는 날벌레처럼 지위가 높은 사람들에 이끌려 그들의 태도며 인생관을 자기 것으로 만들고 그들과 우호적인 관계를 구축해나갔다. 유년 시절과 소년 시절의 온갖 정열은 이렇다 할 흔적을 남기지 않고 사라져갔다. 여성에 대한 호기심이나 허영심을 가져보기도 했고 나중에 상급학년이 되어서는 자유주의적 성향에 젖어보기도 했다. 그러나 이 모든 것은 어디까지나 그가 심정적으로 괜찮다고 인정하는 일정한 범위를 벗어나지 않았다.

그는 법학교 재학 중 본인 스스로 생각하기에도 혐오스러운 일들을 저지른 적이 있었는데 나중에 그런 일들을 윗사람들도 저지르며 아무도 그걸 죄악시하지 않는다는 걸 알고 나서부터는 생각을 달리했다. 즉, 잘한 일은 아니지만 다 잊어버렸고 다시 떠오르더라도 조금도 괴로워하지 않았던 것이다.

이반 일리치가 법학교를 졸업하고 10등 문관으로 임용되자 아버지는 제복을 맞춰 입을 돈을 주었다.[4] 그는 그 돈으로 유명한 샤르메르 양복점에서 옷을 맞추었고 회중 시곗줄에는 '결과 예견'이라는 라틴어 문구를 새긴 메달을 달아 한껏 멋을 부렸다. 그

---

4 제정 러시아 시대에 관리들은 제복을 착용하였음.

런 후 그는 은사인 공작에게 작별을 고하고 동기생들과 더불어 유명한 도농 레스토랑에서 식사하며 졸업을 자축했다. 이어서 당시 유행하던 새 여행용 가방에 최고급 가게에서 구입한 속옷이며 옷, 면도와 세면용품 등을 가득 담아 부친이 손을 써서 마련해놓은 현 지사 직속 특임관 직책을 수행하기 위해 지방으로 떠났다.

이반 일리치는 지방에 간 지 얼마 되지 않아 법학교 시절에 그랬듯이 자신을 힘들이지 않고 편안한 위치에 올려놓았다. 그는 근무하며 경력을 쌓아나갔다. 동시에 편안하고 점잖게 삶을 즐겼다. 가끔 상부의 지시로 군 단위 지역으로 출장을 가기도 했는데 그럴 때마다 상급자는 물론 하급자를 대할 때도 점잖게 처신했다. 뿐만 아니라 분리파 교도 문제가 핵심인 자신에게 부과된 지시 사항을 정확하고 공정하게 이행하며 자부심을 느꼈다.

그는 젊었고 부담 없는 여흥을 좋아하는 성격이었지만, 업무를 처리할 때는 지극히 신중하고 냉정했으며 까다로웠다. 반면 사교 생활을 할 때는 자주 장난기와 총명함이 돋보였지만 근본적으로는 항상 마음씨 좋고 예의 바른 인물이었다. 그런 그를 자기 집 식구처럼 아끼던 그의 상관 내외는 '착한 애'라고 불렀다.

이렇게 지방에서 세련된 법조인의 면모를 보이던 그에게 한 귀부인이 접근해 염문을 뿌리기도 했다. 그는 한 모자 가게 여주인과도 염문을 뿌렸다. 또 지방에 출장 오던 시종 무관들과 술자리를 같이했고 식사가 끝나면 멀리 떨어진 곳으로 원정을 가기도 했다. 그런가 하면 상관은 물론 상관의 부인에게 꾸준히 아첨도 했다. 이 모든 것은 예의 면에서 나름대로 고상한 가치를 지니고 있었다. 때문에 그 어떤 어휘를 사용하더라도 나쁘게 표현할 수 없었다. 따라서 그런 것은 모두 프랑스 격언 중 '젊은 객기'의 의미에 가깝다고 할 수 있었다. 모두 깨끗한 와이셔츠를 입은 이들이 프랑스어를 사용하며 깨끗한 손으로 벌이는 일이었는데 중요한 것은 상류사회에서 그런 일을 벌였다는 점이다. 그렇기 때문에 고위층 인사들의 지지를 받고 있었다.

그렇게 오 년을 보내자 이반 일리치에게 직장 이동이라는 변화가 찾아왔다. 새로운 법률기구가 생기고 새로운 사람들이 필요하게 된 것이다.

그러자 이반 일리치는 여기에 필요한 새로운 사람이 되었다.

예심판사직이 제안되자 이반 일리치는 받아들였다. 그는 다른 현으로 이사해야 했기 때문에 공들여 쌓은 연줄을 포기하고 새로이 구축하는 불편함을 감수했다. 친구들은 그에게 송별연을 베풀어주었고 단체로 기념사진을 찍었으며 작별선물로 은으로 된 담배케이스를 주었다. 그는 새 임지로 떠났다.

전임지에서 특임관으로 재직하던 때처럼 이반 일리치는 새로운 임지에서 모범적이고 예의 바르며 공과 사를 구분하는 태도로 사람들의 존경을 받았다. 이전의 업무에 비해 예심판사 업무는 훨씬 흥미로웠고 매력적이었다. 물론 옛 직장에서 샤르메르 양복점에서 맞춘 제복을 입고 당당한 걸음으로, 부들부들 떨며 현 지사의 접견을 기다리는 민원인들이나 자신을 부러워하는 관리들을 지나 상관의 집무실로 직행해 담배를 피우며 차를 마시던 시절이 좋았던 건 사실이었다. 다만 그의 권한이 미치는 사람들의 수는 많지 않았다. 기껏해야 업무 관계로 출장 갈 때 만나게 되는 지방의 경찰관들이나 분리파 교도들뿐이었다. 그는 이들을 정중하게 아니 동료처럼 대하면서, 이들이 자신들을 뭉개버릴 수도 있는 사람이 자기들을 친구처럼 편하게 대한다는 느낌을 갖도록 신경을 썼고 이를 즐겼다. 이렇게 대할 수 있는 대상이 옛 임지에는 적었다. 그러나 예심판사가 된 지금은 아무리 중요한 사람이건 또는 부러울 게 없이 사는 사람이건 모두 자신의 손 안에 있고, 종이 한 장에 제목을 달고 정해진 말 몇 마디만 쓰면 중요한 인물이건 남부러울 게 없이 사는 인물이건 간에 피고인 또는 증인 자격으로 소환해 자신이 마음먹기에 따라서는 앉히지 않고 세운 채로 묻는 말에 답변하게 할 수도 있다는 걸 알고 있었다. 그러나 이반 일리치는 이러한 자신의 권력을 한 번도 오용하지 않았다. 오히려 그러한 권력이 표현되는 강도를 가능한 한 낮추고자 애썼다. 그렇긴 하더라도 이러한 권력을 자신이 가지고 있고 또 마음먹기에 따라서는 표현 강도를 조절할 수 있다는 사실 때문에 그는 새 직책에 큰 관심과 매력을 느꼈다. 그러나 정작 업무를 수행할 때, 바꿔 말해서 심리할 때는 업무와 관계없는 것이면 모두 매우 신속히 멀리하는 방법을 터득했다. 뿐만 아니라 아무리 복잡한 사건이라도 서류로 작성할 때는 자신의 개인적인 시각은 철저히 배제한 채 사실 자체로서만 기술하고 특히 필요한 모든 사항이 갖춰지도록 하는 재능을 발휘했다. 그건 당시로서는 새로운 방법이었다. 그러니까 그는 1864년에 제정된 법률을 최초로 실행에 옮긴 이 중 하나였다.

예심판사직을 수행하기 위해 새 도시로 이사하며 이반 일리치는 대인관계와 인맥을 새로 구축했고 자신의 위치를 새로이 만들어가며 이에 걸맞게 약간은 다른 태도를 취했다. 그는 현의 권력층을 다분히 어려워하여 어느 정도 거리를 두었다. 대신 법원 관료들과 도시에 살던 부유한 귀족들 중 최고 그룹과 교류하며 정부에 대해 약간의 불만과 절제된 자유성향, 개화된 시민의식을 드러냈다. 그런 과정에서 세련된 기본 외양은 건드리지 않은 채 예전과는 달리 턱수염을 더 이상 깎지 않고 기르기 시작했다.

새 임지에서 이반 일리치의 삶은 대단히 편안하게 흘러갔다. 현 지사에 대해 조금은 불만을 가졌던 사교계의 분위기는 화기애애했고 좋았다. 봉급 또한 많아졌으며 이때 배운 브리지게임 또한 그에게 적지 않은 기쁨을 안겨주었다. 그는 브리지게임을 즐기는 능력이 있었고 매우 빠르고 정확하게 상황을 판단함으로써 항상 승자가 되었다.

  새 도시에서 근무한 지 이 년이 지나 이반 일리치는 장차 아내가 될 여성을 만났다. 프라스코비야 표도로브나 미헬은 이반 일리치가 어울리던 사교계 그룹의 사람 중 가장 매력적이고 영리하며 멋진 아가씨였다. 그가 그런 그녀와 다분히 장난기 섞인 가벼운 관계를 구축한 것은 예심판사로서의 직무를 잊고 휴식을 취하는 차원에서 벌인 일 중의 하나로서였다.

  이반 일리치는 전임지에서 특임관으로 근무할 때 춤을 많이 추었다. 그러나 예심판사가 된 이래 춤을 추는 것은 극히 드물었다. 설사 춤을 춘다 해도 그가 자신의 춤에 부여하는 의미는 남달랐다. 즉, 새 기관에 와서 근무하는 5등관일망정 춤에 관한 한 그 누구보다도 잘 출 수 있다는 걸 보여줄 수 있다는 것이었다. 그런 맥락에서 그는 파티가 끝나갈 무렵 가끔 프라스코비야 표도로브나와 춤을 추었는데 이렇게 춤을 추는 가운데 프라스코비야 표도로브나는 그에게 정이 들었고 마침내 마음을 빼앗기고 말았다. 이반 일리치는 결혼하려는 의도나 의지도 별로 없었으나 아가씨가 자신에게 마음이 빼앗긴 걸 보자 자문했다. '맞아, 결혼을 못 할 건 또 뭐야?'

프라스코비야 표도로브나는 좋은 귀족 가문의 아가씨로 인물도 괜찮았고 재산도 조금 있었다. 이반 일리치는 결혼 상대로 그녀보다 훨씬 나은 여자를 고를 수 있었지만 그녀도 괜찮았다. 그가 생각하기에 자기에게는 봉급이라는 수입원이 있으니까 되었고 그녀도 그 정도 액수만큼의 지참금은 가져올 것으로 기대했다. 친척들도 괜찮았지만 무엇보다도 그녀 자신이 귀여웠고 예쁘며 얌전했던 것이다. 그러니까 이반 일리치가 자기 신부가 될 여자를 사랑했고 그녀가 자기의 인생관에 공감했기 때문에 결혼한 것이라 말한다면 그건 틀린 말이다. 마찬가지로 주위 사람들이 고개를 끄덕였기 때문에 결혼한 것이라고도 말할 수는 없다. 이반 일리치는 두 가지 사항을 모두 고려하여 결혼했다. 하나는 그런 여성을 얻음으로써 자기 자신에게 좋은 일을 한다는 것이었고, 다른 하나는 동시에 높은 사람들이 옳다고 여기는 일을 한다는 것이었다.

그래서 이반 일리치는 결혼했다.

결혼식 자체 그리고 부부간의 금실, 새 가구와 새 식기, 새 속옷 등으로 대표되는 신혼생활은 아내가 임신할 때까지는 너무나 행복했다. 때문에 이반 일리치는 결혼이라는 것이 그 자신이 생각하기에 그렇다고 믿은 경쾌하고 유쾌하며 편안하고 항상 우아함으로써 사교계의 동의를 받는 삶을 결코 파괴하는 것이 아니라 오히려 반대로 더욱 깊게 한다고 생각하기 시작했다. 그러다 아내가 임신한 지 몇 개월도 되지 않아 뭔가 새롭고 예기치 못한 일이 발생했는데 그것은 마음을 께름칙하고 무겁게 하는 것으로 예의에도 어긋나는 것이었다. 또한 도무지 예상할 수도 또 피할 수도 없는 일이었다.

이반 일리치가 생각하기에 아내는 무턱대고 변덕을 부리며 아늑하고 정돈된 삶을 깨뜨리기 시작했다. 그녀는 이유 없이 그를 질투하며 자기를 떠받들 것을 강요했고 생트집을 잡으며 그에게 거칠고 못되게 굴었다.

처음에 이반 일리치는 불편하기 짝이 없는 이런 상황에서 예전에 성공리에 사용한 적이 있는 방법, 즉 인생을 심각하지 않고 적당히 받아들이는 자세를 취함으로써 벗어나기를 바랐다. 이에 따라 그는 아내의 기분을 무시하며 계속해서 예전처럼 대충 편하게 살아갔다. 그런 맥락에서 집으로 친구들을 불러들여 브리지게임을 하거나 아니면 자기가 직접 클럽이나 친구들 집으로 가기도 했다. 그러던 중 아내는 언젠가부터 그에게 심한 말을 하며 맹렬히 그를 비난하기 시작했고 이후 그가 자신의 요구사항을 들어주지 않으면 어김없이 욕설을 퍼부었다. 그녀는 그가 굴복할 때까지, 바꿔 말해서 그녀처럼 집에 틀어박혀 무료해 죽을 때까지 욕설을 멈추지 않을 기세였다. 그는 겁이 덜컥 났다. 그는 결혼생활, 적어도 자기 아내와의 결혼생활이 인생을 편안하고 멋지게 만드는 것만은 아니고 오히려 그 반대로 왕왕 삶의 아늑함과 멋을 깨뜨리기 때문에 그러한 파괴로부터 자신을 보호할 필요가 있음을 깨달았다. 이반 일리치는 그런 방법을 모색하기 시작했다. 공무는 프라스코비야 표도로브나가 감히 어쩌지 못하는 유일한 분야였다. 그렇기 때문에 이반 일리치는 자신의 세계를 지키기 위해 공무와 이로부터 파생되는 각종 일거리를 무기 삼아 아내에 대항하기 시작했다.

첫아이가 태어나고 아이에게 젖을 먹이기 위한 온갖 시도가 수포로 돌아간 데 이어 산모는 자기와 아이가—사실이건 아니건—아프다는 핑계로 남편에게 자신들이 아픈 데 대해 관심을 가져줄 것을 요구했다. 그러나 그는 이들의 병에 대해 도통 아는 게 없었다. 그러자 이반 일리치는 가족이라는 울타리 밖에 자신만의 세계를 구축해야 할 필요성을 보다 절실히 느끼기 시작했다.

아내의 짜증과 요구의 강도가 강해지면 강해질수록 이반 일리치는 자신의 인생에서 무게중심을 공무 쪽으로 조금씩조금씩 꾸준히 이동시켰다. 그는 공무를 더 좋아하기 시작했고 공명심도 예전보다 더욱 강해져갔다.

결혼식을 올린 지 일 년도 되지 않아 이반 일리치는 결혼생활이라는 게 인생에서 어느 정도 편리한 건 사실이지만 속을 들여다보면 매우 복잡하고 골치 아픈 일이라는 걸 깨달았다. 따라서 자신의 의무를 다하려면, 바꿔 말해서 사회가 인정하는 제대로 된 인생을 영위하기 위해서는 직장에서와 마찬가지로 결혼생활에 대해 일정한 태도를 견지해야 한다는 것도 깨달았다.

그래서 이반 일리치는 나름대로 결혼생활에 대한 입장을 마련했다. 그가 가정에 요구하는 것은 집에서 제공하는 식사와 안주인이 제공하는 편리함 그리고 아내가 남편에게 제공할 수 있는 잠자리 같은 것들이었다. 그 외에 그가 요구한 대단히 중요한 것 하나는 여론이 정한 결혼생활의 외적인 형태로 그것은 한마디로 규범에 따르는 것이었다. 그 외에는 요구하는 것이 없었다. 그는 즐거움이 따르는 편안함을 추구했고 그것이 발견되면 그에 대해 고마워할 줄 알았다. 그러나 거부와 불평에 부딪히면 즉시 자신만의 세계인 공무에 파묻혀 거기서 보람을 찾았다.

이반 일리치는 우수한 관리로 인정받아 삼 년이 지나자 검사보로 임명되었다. 새로운 임무와 임무의 중요성, 누구든 법정에 세우고 감옥에 보낼 수 있는 권한, 공식 석상에서 행하는 연설, 새로운 직책에서 일궈낸 성공 등 이 모든 것은 그로 하여금 더욱 업무에 매진하도록 하였다.

다시 아이들이 태어났다. 그에 따라 아내는 불평이 많아지고 화 또한 자주 냈으나 애써 구축한 가정생활에 대한 자신의 태도

덕분에 이반 일리치는 속상해하는 일이 거의 없었다.

한 도시에서 근무한 지 칠 년이 지나자 이반 일리치는 검사로 승진했고 다른 현으로 전보 발령을 받았다. 이사할 때 돈이 부족했고 아내는 이사 가는 곳을 탐탁지 않게 생각했다. 예전보다 봉급은 많아졌지만 지출이 더 많아졌다. 그 밖에도 두 아이가 사망한 탓에 가정생활은 이반 일리치에게 더욱 불편해졌다.

프라스코비야 표도로브나는 새 거주지에서 생겨나는 모든 불편을 남편 탓으로 돌리며 그를 원망했다. 두 사람 사이에 이루어지는 대화의 대부분, 특히 자식들의 교육문제는 과거에 다투었던 기억을 되살리는 문제들로 이어졌다. 때문에 대화를 하는 중에 말다툼이 재연될 소지는 언제든지 있었다. 물론 부부가 서로에게 다시 애정을 느끼는 순간도 어쩌다 찾아오기 했지만 그리 오래 지속되지는 않았다. 그건 그들이 서로 상대방을 멀리하는 것으로 나타나는 은밀한 적개심의 바다에 뛰어들기에 앞서 잠시 들르는 조그만 섬과 같았다. 그러한 소외감은 만일 이반 일리치가 그래서는 안 된다고 생각했으면 그를 슬프게 했을 것이다. 그러나 그는 소원한 관계를 이미 정상적인 상태로 여기고 있었을 뿐만 아니라 집에서 자기가 도달해야 할 목표라고 생각하고 있었다. 그의 목표는 그런 불편한 상황에서 점차 벗어나 해가 되지 않고 제대로 된 상황을 만드는 것이었다. 그는 가족과 보내는 시간을 조금씩 줄여나감으로써 그러한 상황에 도달했다. 그러나 불가피하게 가족과 함께 있어야 하는 상황에서는 제삼자를 합석하도록 함으로써 자신의 처지를 강화하고자 노력했다. 이반 일리치에게 중요한 것은 업무였다. 그의 삶에서 관심은 온통 업무라는 세계에 집중되어 있었다. 그러자 이 관심은 그를 삼켜버렸다. 자신이 지닌 권력에 대한 자각, 죽이려고 마음먹으면 누구든지 죽일 수 있는 힘, 재판정에 들어서거나 부하 직원들과 만날 때 겉으로도 전해져 오는 자신에 대한 예우, 상급자는 물론 하급자를 대하면서도 거두는 성공 그리고 무엇보다도 자신도 느끼지만 자신이 맡은 업무를 처리하는 우수한 능력 등 모든 것이 그에게 기쁨을 주었다. 동시에 동료들과의 대화, 식사 그리고 브리지게임이 더불어 그의 삶을 풍요롭게 하였다. 이반 일리치의 삶은 대체로 자신이 그래야 된다고 믿었던 것처럼 계속해서 편하고 법도에 맞게 흘러갔다.

그는 그렇게 칠 년을 더 보냈다. 그사이 큰딸은 어느덧 열여섯 살이 되었고 또 한 아이가 죽어 사내아이 하나가 남았는데 김나지움에 다니고 있었다. 사내아이는 부부간의 불화의 원인이기도 했다. 이반 일리치는 자식을 애당초 법학교에 보내고 싶어 했으나 프라스코비야 표도로브나는 남편이 미워 김나지움에 보내버렸다. 딸은 집에서 교육을 받으며 탈 없이 자라고 있었고 아들 또한 공부를 잘했다.

3

이반 일리치의 삶은 결혼식을 올린 이래 십칠 년간 그렇게 흘러갔다. 그사이 그는 고참 검사가 되어 보다 좋은 자리로 가기 위해 몇 차례 자리 이동을 거부하고 있었다. 그러다 평온한 그의 삶을 송두리째 흔들어놓는 불쾌한 일이 벌어졌다. 이반 일리치는 대학도시의 수석판사직을 마음에 두고 있었는데 고폐가 그를 제치고 그 자리를 차지했던 것이다. 이반 일리치는 화가 나서 고폐를 원망하며 그는 물론 그와 가까운 상급자들과도 다투었다. 그 결과 그는 냉대를 받기 시작했고 다음 인사에서도 그에게는 기회가 주어지지 않았다.

바로 1880년의 일이었다. 이해는 이반 일리치의 생애에서 가장 힘든 해였는데 그 이유 중 하나는 넉넉하지 않은 봉급이었다. 다른 이유는 사람들이 그를 잊었다는 것과 자신에 대한 처우를 그 자신은 지극히 잔인하고 부당하다고 생각하지만 다른 사람들은 지극히 정상이라고 생각한다는 것이었다. 심지어 부친조차 그를 도와야 할 의무가 없다고 보았다. 그는 모든 사람들이 그 위치에 3,500루블이면 합당하다고, 한 걸음 더 나아가 행복해야 한다고 생각한다는 걸 느꼈다. 오로지 그 자신 한 사람만 자신에게 가해진 처우가 부당하다고 인식하고, 아내가 바가지 긁는 소리를 끊임없이 들으며 또 분수에 넘치는 생활을 하며 얻기 시작한 빚을 의식해 자신의 처지가 정상과는 현격한 거리가 있음을 알게 되었다.

그는 이해 여름에 좋지 않은 재정 상태를 개선할 목적으로 휴가를 얻어 아내와 함께 처남이 사는 시골로 갔다. 거기서 여름을 날 요량이었다.

이반 일리치는 시골에서 일이 없자 처음으로 무료함을 느꼈다. 그러다 참을 수 없는 권태로까지 번지자 그렇게 살 수는 없다고 생각하고 뭔가 단호한 조치를 취하기로 결심했다.

이반 일리치는 발코니를 서성이며 뜬눈으로 밤을 새운 후 페테르부르크로 가기로 결심했다. 자기의 가치를 몰라주는 이들을 벌하고 부서를 바꿀 방안을 모색하기 위해서였다.

날이 새자 그는 아내와 처남의 만류에도 불구하고 페테르부르크행 열차에 올라탔다.

목표는 5,000루블의 수입이 보장되는 자리를 물색하는 것, 하나였다. 부서의 명칭이나 성향, 업무의 종류 따위는 문제되지 않았다. 그에게 중요한 건 오로지 5,000루블이 보장되는 자리뿐이었다. 그것이 행정부서건 금융기관이건 철도청이건 아니면 마리야 여제 부속 교육기관이건 극단적인 경우 세무부서건 상관없었다. 그 어떤 경우든 즉시 5,000루블이 필요했고 자신의 가치를 알아주지 않는 부서에서 조속히 나와야 했다.

이런 목적으로 떠난 여행은 이반 일리치에게 꿈에도 생각지 못했던 놀라운 성과를 안겨주었다. 알고 지내던 F. S. 일린이 쿠르스크 역에서 일등칸에 올라와 그에게 쿠르스크 현 지사가 조금 전에 전보를 통해 받은 그의 부서의 인사 소식을 알려주었다. 내용은 머지 않아 표트르 이바노비치의 자리에 이반 세묘노비치가 임명된다는 것이었다.

앞으로 있게 될 인사는 러시아 제국은 물론 이반 일리치에게도 각별한 의미를 지니고 있었다. 즉, 표트르 이바노비치라는 새로운 인물과 더불어 승진이 확실시되는 자하르 이바노비치의 인사는 이반 일리치에게 대단히 유리했던 것이다. 자하르 이바노비치는 그의 동료이자 친구였다.

모스크바에 이르러 이 소식은 사실로 확인되었다. 페테르부르크에 도착하자 이반 일리치는 자하르 이바노비치를 찾아갔고 그에게서 예전에 근무하던 법무부의 확실한 자리를 주겠다는 약속을 받아냈다.

일주일 후 이반 일리치는 아내에게 다음과 같은 내용의 전보를 띄웠다. '자하르는 밀레르 자리로 이동, 나는 보고받는 즉시 임명 확정.'

이 자리 이동 덕분에 이반 일리치는 예전 부서에서 뜻밖의 승진을 하게 되었다. 그는 동료들을 두 직급 제치고 승진했고 5,000루블의 봉급에 3,000루블의 이사비까지 받게 되었다. 그러자 이전에 밉던 이들과 부서에 대한 원망은 다 잊혀졌고 이반 일리치는 행복해했다.

이반 일리치는 오랜만에 즐거운 기분이 되어 흡족해하며 시골로 돌아왔다. 프라스코비야 표도로브나 또한 기뻐했다. 그러자 두 사람 간에는 휴전이 성립되었다. 이반 일리치는 페테르부르크에서 이 사람 저 사람으로부터 축하받은 일이며 자기의 적들이 죄다 얼굴을 들지 못하고 자기에게 아첨을 일삼는다는 둥 그리고 사람들이 자기 위치를 부러워한다는 둥 특히 페테르부르크에서 사람들이 자기를 너무 좋아한다는 둥의 얘기를 주절주절 늘어놓았다.

프라스코비야 표도로브나는 다 믿는다는 표정을 지으며 그의 얘기를 들어주었다. 그녀 또한 일절 반박을 삼간 채 이사하게 될 도시에서 어떤 삶을 꾸며야 좋을지에 관해서만 얘기했다. 그러자 이반 일리치는 그녀의 생각이 자신과 같다는 것을 알고 기뻐했다. 그는 앞으로의 삶에 대한 서로의 구상이 일치하고 삐끗한 자신의 인생이 다시 즐겁고 편안하며 법도에 맞는 진정한 면모를 되찾았다며 즐거워했다.

이반 일리치는 시골에 오래 머물지 않았다. 9월 10일에 업무를 시작해야 했기 때문이다. 그 밖에 새 임지에서 집을 꾸미고 지방 살림을 완전히 정리해 이사하고 많은 걸 새로 사고 주문하는 데도 시간이 필요했기 때문이다. 한마디로 말해서 그가 머릿속에서 결정한 것은 프라스코비야 표도로브나가 마음속으로 결정한 것과 거의 똑같았는데 그렇게 구상한 대로 집을 꾸미는 데는 나름대로 시간이 필요했다.

그러다 모든 게 제대로 되고 서로의 목표가 같아진 지금 서로 얼굴을 맞대는 시간이 적다는 걸 제외하면 두 사람은 신혼 초처럼 다정했다. 이반 일리치는 가족을 당장 데리고 가려 했다. 그러나 그는 그와 그의 가족을 갑자기 다정하고 친근하게 대하기 시작한 처남 내외의 고집을 꺾지 못하고 혼자 시골을 떠났다.

직장에서의 성공과 아내와의 화해, 이 둘이 상승작용을 일으켜

생성된 즐거운 상태는 임지로 가는 도중 한순간도 그를 떠나지 않았다. 물색된 새집은 바로 부부가 꿈에 그리던 멋진 집이었다. 방들은 널찍하고 천장이 높았으며, 응접실은 고풍스러웠고 서재는 안락하고 중후했다. 또한 아내와 딸애가 쓸 방들과 아들의 공부방 등 모든 방이 마치 일부러 그의 가족을 위해 설계된 것 같았다. 이반 일리치는 집 안을 직접 꾸미기 시작했다. 그는 벽지를 고르고 가구를 사들였는데 특히 옛 가구를 골라 각별히 점잖은 느낌이 들도록 신경을 쓰며 천도 새로 씌우도록 했다. 이렇게 일이 하나씩 둘씩 진척되자 모든 진척 상황은 그가 생각했던 이상에 가까워져갔다. 반쯤 꾸며진 집은 그의 기대치를 훌쩍 뛰어넘었다. 그는 단장이 완료되었을 때 이 집 곳곳에 배게 될 점잖으면서도 우아하고 결코 천박하지 않을 모습을 미리 보았다. 그는 잠이 들면서도 홀이 어떤 모습을 하게 될지 상상했다. 단장이 덜 끝난 응접실을 보면서 그는 단장이 끝나면 제자리에 가 있게 될 벽난로, 병풍, 장롱, 여기저기에 배치된 의자, 벽 곳곳에 놓인 크고 작은 접시들과 장식용 청동조각 등을 눈앞에 그려보았다. 그런 것에 취미가 있는 파샤와 리잔카를 놀라게 할 생각을 하니 기분이 좋았다. 그네들은 결코 상상도 못 할 터였다. 이반 일리치는 특히 집 안의 모든 것에 고상한 느낌을 부여하는 골동품을 몇 점 싸게 구입할 수 있었다. 그는 파샤와 리잔카에게 편지를 쓰면서 그들을 놀라게 하기 위해 일부러 모든 걸 실제보다 나쁘게 묘사했다. 그는 이렇게 생각하고 행동하는 데 온통 정신이 팔려 정작 그렇게 좋아하는 관청 업무는 예상과 달리 뒷전에 밀릴 지경이었다. 심리 중에도 그는 정신이 딴 데 가 있는 경우가 많았다. 그는 커튼을 달 때 반듯한 횡목이 좋은지 아니면 유선형 횡목이 좋은지 고민했다. 그는 그러한 생각에 몰두한 나머지 자주 직접 팔을 걷어붙이고 나서 가구를 옮기거나 커튼을 바꿔 달기도 했다. 한번은 이해를 못 하는 도배공에게 어떻게 하면 좋을지 보여주기 위해 사다리에 올라갔다가 발을 헛디뎌 미끄러진 적도 있었다. 다행히 건장하고 행동이 민첩해 굴러떨어지지는 않았고 옆구리를 액자틀 모서리에 부딪히는 데 그쳤다. 부딪힌 곳은 무척 아팠지만 통증은 곧 가셨다. 이반 일리치는 집 안을 꾸미는 동안 내내 특히 즐거워했고 건강상태가 좋았다. 그는 십오 년 정도는 젊어진 것 같다고 편지에 썼다. 그는 집 안을 꾸미는 일이 9월이면 끝날 걸로 예상했으나 10월 중순으로 늦춰졌다. 집은 대신 더 우아해졌다. 그만 그렇게 말한 게 아니라 집 안을 둘러본 이들이면 다들 그렇게 말했다.

 사실 대단한 부자는 아니지만 부자를 흉내 내고 싶어 하는 이들에게는 공통적으로 나타나는 게 있다. 비단, 흑단, 꽃, 카펫, 청동조각 등 어두운 색조와 광채가 조화를 이루는 것, 이 모든 것은 특정한 계층의 사람들이 특정 계층의 사람들을 닮고 싶어 선호하는 것이었다. 이반 일리치 또한 예외가 아니어서 그의 집에 있는 것 중 특별히 사람들의 관심을 끌 만한 것은 없었다. 그러나 그 자신에게는 집 안의 모든 게 저마다 대단한 것처럼 여겨졌다. 기차역으로 가족을 마중 나가 집으로 데려왔을 때의 일이었다. 가족은 단장이 끝나고 불이 환하게 켜진 집에 도착했다. 흰 넥타이를 맨 하인이 꽃으로 장식한 현관문을 열어주자 가족은 응접실과 서재를 보고 감탄사를 연발했고 그는 행복해했다. 그는 가족에게 집 안 곳곳을 보여주었고 쏟아지는 칭찬에 흐뭇한 표정을 지었다. 그날 저녁 프라스코비야 표도로브나는 차를 마시며 지나가는 말로, 넘어졌다는데 어떻게 된 일인가 물었다. 그는 넘어져서 도배공을 놀라게 했던 모습을 가족들 앞에서 웃으며 재연해 보였다. 그러면서 이렇게 말했다.

"난 이래 봬도 한가락 하는 체조선수야. 다른 사람이라면 큰일 났겠지만 난 여기만 부딪히는 데 그쳤어. 건드리면 아프긴 해. 하지만 뭐 괜찮을 거야. 멍든 것뿐이야."

그렇게 해서 그들은 새집에서 살기 시작했다. 물론 새집에 익숙해지면 항상 그렇듯이 방이 하나 부족하고 늘어난 수입에도 불구하고 늘 500루블가량 적자가 났으나 그래도 잘살았다. 특히 이것저것 사들이고 주문하고 옮기거나 조정하는 등 모든 게 정리

정돈이 덜 되어 할 일이 많았던 이사 초기 생활은 분위기가 좋았다. 물론 부부간에 티격태격하는 경우야 좀 있었다. 그렇지만 두 사람은 만족스러워했고 할 일이 산적해 있었기 때문에 모든 게 이렇다 할 큰 말다툼 없이 잘 마무리되어갔다. 그러다 정리할 게 더 이상 없게 되자 좀 심심해지고 뭔가 부족한 느낌이 들었다. 그러자 부부는 사람들을 사귀며 생활습관을 익히기 시작했고 이에 따라 인생은 풍요로워져갔다.

이반 일리치는 법원에서 오전 업무를 마치면 점심때쯤 집으로 돌아오곤 했다. 처음에 집 문제로 골치가 좀 아프긴 했어도 기분은 매우 좋았다. (식탁보나 비단에 생긴 얼룩 하나하나, 떨어져 나간 커튼을 묶는 끈 하나하나에도 신경이 곤두섰다. 집 안 치장에 너무 많은 공을 들였기 때문에 뭐든지 망가지는 건 견딜 수 없었다.) 그러나 대체로 그의 삶은 '쉽게, 편하게, 점잖게'라는 그 자신의 생활신조처럼 흘러갔다. 그는 아홉시에 일어나 커피를 마시고 신문을 읽은 뒤 제복을 입고 법원으로 향했다. 그곳에서는 늘 하던 일이 그를 기다리고 있었고 그는 즉시 일에 뛰어들었다. 그것은 청원인, 집무실에 들어온 문의, 업무, 공판, 공판 예비회의 등이었다. 이런 일을 할 때는 공무의 바른 흐름을 깨뜨리게 마련인 설익거나 일상적인 것들을 죄다 배제할 줄 아는 능력이 절대 필요했다. 뿐만 아니라 대인관계도 공적인 것 이외의 것을 허용해서는 안 되었다.

그나마 공적인 대인관계가 성립되기 위한 동기 또한 공적이어야 했다. 공적 관계가 공적인 성격에 머물러야 함은 물론이었다. 예를 들어 어떤 사람이 와서 뭔가 알고 싶어 했다고 하자. 이반 일리치가 자연인으로서 이 사람과 어떤 관계를 구축한다는 것은 불가능하다. 그러나 만일 이 사람이 법원 소속 직원, 즉 제목이 달린 서류에 나타나는 인물인 자신과 아는 관계라면 문제는 달랐다. 이 경우 이반 일리치는 그러한 관계의 범위 내에서 자신이 할 수 있는 모든 것을 동원해 성심껏 대했고 인간적이고 다정한 관계와 비슷한 것을 지키고자, 즉 정중하게 대하고자 애썼다. 공적인 관계가 끝나면 그 즉시 다른 종류의 관계도 종료되었다. 이반 일리치는 공무를 자신의 개인적인 삶과 혼동하지 않고 분리시킬 줄 아는 뛰어난 능력을 가지고 있었고 오랜 공직생활과 재능을 통해 이를 정교히 가다듬었다. 그 결과 가끔 음악의 고수가 장난치듯이 사적인 관계와 공적인 관계를 뒤섞는 여유를 부리기도 했다. 그의 그런 여유는 필요시 다시 공과 사를 분리할 수 있는 힘이 자신에게는 있다는 데서 비롯되었다. 그런 일은 이반 일리치에게 쉽고 기분 좋게 또 점잖게 일어났고 하나의 명품처럼 비치기도 했다. 휴식 시간에는 담배를 피우고 차를 마시며 정치, 일상적인 테마, 브리지게임 그리고 무엇보다도 인사 이동에 관해 조금씩 얘기를 나누었다. 그러고는 피로하지만 오케스트라의 제1바이올린 중 하나로서 자신의 역할을 확실히 다한 명장의 기분으로 집으로 돌아오곤 했다. 집에서 아내와 딸은 어디론가 마차를 타고 가서 없든가 아니면 손님을 맞이하고 있었다. 김나지움 학생인 아들은 가정교사들과 함께 수업 준비를 하며 학교 공부를 충실히 하고 있었다. 문제될 게 하나도 없었다. 점심식사가 끝난 후 손님이 없으면 이반 일리치는 가끔, 많은 사람의 입에 오르는 책을 읽곤 했다. 저녁에는 일을 했는데 이는 서류들을 읽으며 법 적용을 검토하는 것으로 진술들을 비교하며 해당되는 법 조항을 적용하는 일이었다. 그에게는 이런 일이 지루하지도 즐겁지도 않았다. 지루할 때는 카드게임을 하면 되었고 설혹 그럴 수 없는 상황이라도 홀로 또는 아내와 함께 그냥 앉아 있는 것보다는 훨씬 나았다. 그는 사교계에서 지위가 높은 신사 숙녀들을 소규모 오찬에 초대하거나, 자기 집 응접실이 자기가 교류하던 이들의 집의 응접실과 비슷하듯이 자기와 시간을 보내는 방법이 비슷한 이들과 함께 시간 보내기를 즐겼다.

한번은 저녁에 파티를 열어 춤을 춘 적도 있었다. 이반 일리치는 기분이 아주 좋았고 모든 게 만족스러웠다. 그러나 케이크와 캔디 문제로 아내와 크게 다투고 말았다. 프라스코비야 표도로브나에게는 나름대로 계획이 있었지만 이반 일리치는 모든 걸 비싼 제과점에 주문하고 케이크를 많이 준비해야 한다며 고집을 부렸다. 케이크가 남고 제과점에서 보내온 청구서에 45루블이라는 금액이 적혀 있자 기어이 사단이 나고 말았다. 말다툼이 격렬해지며 기분이 상하자 프라스코비야 표도로브나는 남편을 '멍청이', '꽁생원'이라고 몰아세웠다. 그러자 그는 머리를 감싸며 이혼을 암시하는 말을 내뱉었다. 그러나 저녁 파티 자체는 즐거웠다. 최상류층이 온 데다 이반 일리치는 트루포노바 공작부인과 춤까지 추었는데 공작부인의 여동생은 '내 슬픔을 가져가줘' 회[5]의 설립자로 유명한 인물이었던 것이다. 공무를 수행하며 느끼는 기쁨은 자존심이 충족되는 데서 오는 기쁨이었고, 사교생활을 하며 느끼는 기쁨은 허영심이 충족되는 데서 오는 기쁨이었다. 이반 일리치가 진정으로 기뻐할 때는 브리지게임을 할 때였다. 그에게는 모든 것, 인생에서 제아무리 불쾌한 일을 겪은 후라도 다른 모든 것을 촛불처럼 환하게 비추는 낙이 있었는데 그것은 투덜대지 않는 좋은 상대와 함께 브리지게임을 하는 것이었다. 그건 반드시 네 명이 해야만 했다. (다섯 명이 할 때는 쉬는 걸 좋아한다며 짐짓 딴청을 부려 쉬기도 하지만 그래도 쉬는 건 쓰라렸다.) 그리고 (패가 허용하는 한) 영리하고 신중하게 한 게임을 한 후 저녁식사를 하며 와인 한 잔을 마시는 것은 그에게 큰 즐거움이었다. 브리지게임이 끝난 후, 특히 약간 따고 난 후(많이 따는 것은 낯 뜨거

---

5 1880년대 러시아에 생겨난 수많은 단체들에 대한 풍자.

운 일이었다) 잠자리에 들 때 이반 일리치는 각별히 흐뭇해했다.

  부부는 그렇게 살아갔다. 최고의 사람들이 그들과 교류했고 주요인사들은 물론 젊은이들도 그들 집에 드나들었다.

  남편, 아내, 딸이 아는 사람들을 바라보는 시각은 같았다. 또한 이들은 사전에 약속할 필요도 없이, 일본산 접시들로 벽을 장식한 응접실에 몰려들어 친하게 구는 꾀죄죄한 친구들이며 친척들을 물리치고 멀리하는 데 행동을 같이 했다. 얼마 지나지 않아 그런 꾀죄죄한 친구들은 더 이상 걸음을 하지 않았다. 그러자 최상류층 사람들만 골로빈 가족의 집을 드나들었다. 젊은 남자들이 딸 리자에게 접근하는 가운데 드미트리 이바노비치 페트리시체프의 아들이자 유일한 재산상속자인 예심판사 페트리시체프도 리자에게 접근하기 시작하자 이반 일리치는 이에 관해 프라스코비야 표도로브나와 의논했다. 요지는 이들이 트로이카를 타도록 정리하는 게 나은가 아니면 난리를 피우는 게 나은가 하는 것이었다. 이렇게 그들은 살아갔다. 모든 것은 변하지 않고 그렇게 지나갔다. 그리고 모든 게 대단히 멋있었다.

4

골로빈 가족은 모두 건강했다. 이반 일리치가 가끔 입안이 텁텁하고 배 왼쪽이 불편하다고 하긴 했지만 그렇다고 해서 그걸 병이라고 할 수는 없었다.

그러나 그 불편함은 때로 심해져 통증은 아니지만 끊임없이 옆구리가 묵직하다는 의식과 기분이 나빠지는 상태로 이어지는 경우가 생기곤 했다. 기분이 나쁜 상태는 점점 더 심해져서 골로빈 가족에 정착된 무겁지 않으면서도 법도를 지키는 삶이 주는 편안함을 위협하기 시작했다. 부부가 다투는 일이 점차 잦아졌고 뒤이어 가벼움과 안락함이 사라졌다. 그러자 법도만이 남아 간신히 지켜지고 있었다. 예전에 익숙했던 광경이 다시 자주 펼쳐졌다.

부부가 폭발하지 않고 지낼 수 있는 '조그만 섬'들이 재등장했지만 그 수는 적었다.

그러자 프라스코비야 표도로브나는 이젠 근거까지 대가며 남편을 까다로운 사람이라고 비난하기 시작했다. 그녀는 과장하길 좋아하는 특유의 버릇대로 남편의 성격이 워낙 까다로워서 이십 년 동안 견뎌내려면 자기처럼 엄청나게 착해야 한다고 말했다. 지금 시점에서 말다툼이 남편으로부터 시작된다는 건 맞는 말이었다. 항상 점심식사 직전과 수프를 먹으며 식사를 시작할 때 트집을 잡곤 했다. 식기 귀퉁이가 떨어져 나갔다, 음식이 말이 아니다, 아들이 팔꿈치를 식탁에 올려놓았다, 딸의 머리 모양이 이상하다는 등 시비를 걸었다. 그러면서 이 모든 것에 대한 책임을 프라스코비야 표도로브나에게 전가했다. 이에 프라스코비야 표도로브나는 처음에는 반발하며 그에게 듣기 싫은 소리를 해댔다. 그러나 그가 숟가락을 뜨면서 두어 번 길길이 뛰자 그것이 식사할 때 나타나는 병적인 상태라는 걸 깨닫고 참기 시작했다. 그녀는 더 이상 그를 상대하지 않고 서둘러 식사를 마쳤다. 이렇게 참고 견뎌내는 것을 프라스코비야 표도로브나는 자신의 미덕으로 만들었다. 까다로운 남편 탓에 자신의 인생이 불행해졌다고 확신하자 그녀는 자신의 신세를 한탄하기 시작했다. 그리고 자신의 처지를 불쌍하게 여기면 여길수록 남편이 미워졌다. 그녀는 그가 죽기를 바랄 때가 있었지만 그의 죽음을 정말로 바라지는 못했다. 왜냐하면 그가 죽음과 동시에 봉급도 사라지기 때문이었다. 여기에 생각이 미치자 그에 대한 반감이 더욱 심해졌다. 바로 남편의 죽음조차 자신을 구원하지 못한다는 생각 때문에 그녀는 자신을 지독히 운도 따르지 않는 여자라고 여기며 끓어오르는 분노를 애써 감추었다. 그런 그녀의 드러나지 않는 분노는 다시 그의 화를 돋우었다.

한번은 이반 일리치가 유별나게 억지를 부리며 싸운 적이 있었다. 싸움이 끝난 후 그는 몇 마디 말을 주고받는 과정에서 자기가 화를 낸 것은 아파서 그런 것이라고 말했다. 아내는 만일 그게 사실이라면 병을 고쳐야 한다며 남편에게 고명한 의사를 찾아갈 것을 강력히 요구했다.

그는 의사를 찾았다. 모든 게 그가 예상했던 대로였다. 으레 벌어지는 일이 여기서도 벌어지고 있었던 것이다. 차례를 기다리는 일이 그랬고 자기가 법정에서 그러는 것처럼 의사가 짐짓 근엄한 표정을 짓는 것도 그랬다. 그런가 하면 몸을 톡톡 치며 청진기로 소리를 듣는 것도 예상과 다르지 않았고 보아하니 별로 필요하지도 않은 답변을 요구하는 질문을 던지는 것도 그랬다. 그리고 '우리에게 다 맡기십시오. 우리가 다 처리할 겁니다. 우린 모르는 게 없습니다. 뭐든지 확실히 처리해드립니다. 누구든 똑같은 방식으로 처리해드립니다' 라고 암시하는 의미심장한 표정도 그 랬다. 법정과 다른 게 하나도 없었다. 그가 법정에서 피고를 대하는 것과 똑같은 태도로 고명한 의사 또한 그를 대하고 있었다.

의사는 다음과 같이 말했다. '무엇무엇은 선생님의 내부에 무엇무엇이 어떻다는 것을 의미합니다. 그러나 이런저런 검사를 거쳐 그게 확인되지 않으면 선생님에게 무엇무엇이 있다고 가정해야 합니다. 그리고 만일 무엇무엇이 있다고 가정할 경우 그때는 음 또······.' 이반 일리치가 답을 듣고 싶었던 단 하나의 중요한 질문은 자신의 상태가 위중한가 그렇지 않은가였다. 의사는 이 부적절한 질문을 무시했다. 의사의 입장에서 볼 때 그건 한가한 질문이었고 논의할 가치도 없었다. 중요한 건 오직 신하수증, 만성 카타르, 맹장염 중 어느 것인지 그 확실성을 저울질하는 것뿐이었다. 의사는 이반 일리치의 목숨에 관한 질문은 안중에도 없었고 오로지 신하수증과 맹장염 중 어느 것인지 밝히는 문제에만 매달렸다. 이반 일리치가 보기에 의사는 이 문제를 멋지게 맹장염 쪽으로 해결한 것 같았다. 즉, 단서를 달며 그런 결론을 내렸는데 단서인즉 소변검사를 해서 새로운 증거들이 나타나면 다시 검사를 한다는 것이었다. 이 모든 것은 이반 일리치가 피고를 상대로 수천 번도 더 멋지게 적용한 방법과 조목조목 정확히 일치했다. 의사는 자기처럼 승리한 듯 밝은 표정을 지으며 안경 너머

'피고'를 내려다보고 나서 깔끔하게 문제를 요약했다. 그걸 듣고 이반 일리치는 자신의 상태가 안 좋지만 의사나 다른 사람들은 모두 이에 전혀 개의치 않는다는 결론을 이끌어냈다. 그러자 이 결론은 이반 일리치의 마음속에 자신에 대한 크나큰 연민과 동시에 그처럼 중요한 문제에 무관심한 의사에 대한 적개심을 불러일으켰고 마음을 너무 아프게 했다.

그렇지만 그는 말없이 자리에서 일어나 테이블에 돈을 놓고 숨을 몰아쉰 후 말했다.

"아마도 환자들이 적절치 않은 질문을 자주 하겠지만 한 가지만 물어봅시다. 대체 위험한 병입니까, 아닙니까?"

의사는 안경 너머 한쪽 눈으로 그를 차갑게 쏘아보았는데 그 눈길은 마치 '피고, 피고에게 제기된 질문의 범위를 벗어나면 본인은 법정 밖으로 피고를 끌어내라는 명령을 내릴 수밖에 없게 됩니다'라고 말하는 듯했다.

"내가 필요하고 적절하다고 판단하는 것은 이미 다 얘기했습니다."

의사가 말했다.

"나머지는 검사 결과가 나오면 알게 될 겁니다."

의사는 이렇게 말하며 고개를 숙여 인사했다.

이반 일리치는 천천히 밖으로 나와 쓸쓸히 마차에 올라탄 후 집으로 향했다. 집으로 돌아오면서 그는 끊임없이 의사가 한 말을 곱씹으며 뭐가 뭔지 모를 학술용어들을 일상어로 옮기느라 무진 애를 썼고 그 가운데 '안 좋긴 안 좋은데 정말 안 좋다는 건가 아니면 아직 괜찮다는 건가?'에 대한 답을 찾고자 안간힘을 썼다. 그러다 마침내 의사가 말한 의미를 종합해봤을 때 대단히 안 좋다는 느낌이 들었다. 그러자 이반 일리치에게는 거리의 모든 게 슬퍼 보였다. 마부들, 건물들, 행인들, 가게들, 모두 슬퍼 보였다. 잠시도 쉬지 않고 엄습하는 정체불명의 통증은 알아들을 수 없는 의사의 말과 어우러져 이전과는 다른 의미, 보다 심각한 의미를 지녔다. 이반 일리치는 새삼 마음이 무거워져 통증에 신경을 곤두세웠다.

집에 도착하자마자 그는 아내에게 얘기를 들려주기 시작했다. 아내는 듣고만 있었다. 얘기 도중에 딸이 모자를 쓰고 들어왔다. 어머니와 함께 외출할 예정이었던 것이다. 딸은 지겨운 얘기를 조금 들어보려고 잠시 앉았지만 오래 버티지 못했다. 어머니도 더는 들을 수 없었다.

"저, 마음이 놓이네요."

그녀가 말했다.

"그러니까 이제는 신경 써서 약을 정확히 복용하세요. 처방전 이리 주세요. 게라심을 약국에 보낼게요."

이렇게 말한 후 그녀는 옷을 갈아입으러 자리를 떴다.

그는 아내가 방에 있는 동안 숨을 고를 여유를 갖지 못하다가 아내가 방을 나가자마자 깊은 숨을 내쉬었다.

"이거야 원."

그는 혼잣말을 중얼거렸다.

"어쩌면 정말 아직 괜찮은지도 몰라……."

이후 그는 약을 복용하며 의사가 지시한 사항을 지키기 시작했는데 지시사항은 소변검사 결과에 따라 변경되었다. 문제는 그 검사 결과와 검사 결과를 뒷받침해야 할 증상이 서로 달라 혼란이 생겼다는 것이다. 의사를 직접 만나는 것은 불가능했다. 의사가 그에게 얘기한 증상은 나타나지 않았다. 의사가 깜박 잊었거나 거짓말을 했던 것인데 만일 그도 아니면 그에게 뭔가 감추고 얘기를 하지 않았던 것이다.

그러거나 말거나 이반 일리치는 의사의 지시사항을 충실히 이행하기 시작했고 처음에는 여기에서 위안을 찾았다.

의사에게 다녀온 이후 이반 일리치에게는 위생 및 약 복용과 관련된 의사의 지시사항을 철저히 이행하고 통증, 신체기관의 작동에 신경을 세심히 쓰는 게 주된 일이 되었다. 또한 인간의 질병과 건강이 주요 관심사가 되었다. 누군가 그 앞에서 병들거나 죽은 사람, 병을 이겨낸 사람, 특히 그가 앓고 있는 것과 비슷한 병에 대해 얘기를 하면 그는 애써 흥분을 감추며 경청했고 꼬치꼬치 캐물어 자신의 병 치료에 활용했다.

통증은 완화되지 않았다. 그렇지만 이반 일리치는 스스로 좋아지고 있다고 생각하도록 자신을 다그쳤다. 그러자 흥분할 일이 없는 동안만큼은 자신을 속일 수 있었다. 그러나 아내와 얼굴을 찌푸릴 일이 생기거나 또는 직장에서 안 좋은 일이 생기거나 아니면 브리지게임을 할 때 안 좋은 패가 들어오면 병의 실체를 온몸으로 느꼈다. 예전에는 달랐다. 그때는 안 좋은 일이 생기면 좋은 방향으로 처리하며 싸워나갔고 궁극적으로는 브리지게임에서 대박을 터뜨리듯이 승리를 얻게 될 것이라고 믿으며 견뎌냈었다. 지금은 뭐가 잘 안 되면 금세 좌절하고 절망에 빠지기 일쑤였다. 그는 '이제야 몸이 좋아지고 약이 듣기 시작하는데 이게 뭐야. 뭐가 또 잘못된 거야, 왜 또 속을 뒤집어놓느냐고……'라고 푸념했다. 그러자 자신에게 닥친 불행과 자신에게 안 좋은 일을 안겨주며 파멸로 몰고 가는 이들에 대해 화가 치밀어 올랐다. 그는 이러한 분노가 자신을 소진시킨다는 것을 뼈저리게 느끼고 있었다. 그렇지만 도리가 없었다. 사람들은 주위 환경과 사람들에 대한 분노가 병을 더욱 악화시키기 때문에 안 좋은 일이 생기면 이를 일체 무시해야만 한다는 걸 그 자신은 틀림없이 알고 있었을 것이라고 생각할 것이다. 그러나 그는 정반대의 입장을 취했다.

그는 자신에게 필요한 것은 안정이라고 말하며 이러한 안정을 저해하는 것을 예의주시했고 안정이 조금이라도 깨뜨려지면 화를 억제하지 못했다. 그는 의학서적들을 읽고 이 의사, 저 의사를 찾아감으로써 상태를 더욱 악화시켰다. 병세는 서서히 조금씩 나빠졌다. 때문에 그는 어제와 오늘을 비교해도 별 차이가 없음을 발견하고 자신을 속일 수 있었다. 그러나 의사들을 찾아갈 때는 병세가 급격히 악화되고 있다는 느낌이 들었다. 그럼에도 그는 계속해서 의사들을 찾아다녔다.

이번 달에 들어서 그는 다른 고명한 의사를 찾아갔다. 의사는 그에게 처음에 찾아갔던 의사와 질문 방식만 달랐을 뿐 거의 똑같은 말을 했다. 그러자 이 의사 또한 이반 일리치의 의심과 두려움을 증폭시켰다. 그의 친구의 친구 중 훌륭한 의사가 한 사람 있었는데 이 의사는 그의 병을 전혀 다르게 진단했다. 그가 완치를 약속했음에도 이반 일리치는 그가 던지는 질문과 내놓는 추측에 갈피를 못 잡고 더 깊이 의심하기만 했다. 동종요법 전문의는 병을 또 다르게 진단하고 약을 처방했는데 이반 일리치는 그 약을 아무도 모르게 일주일가량 복용했다. 그러나 일주일이 지나도록 병세가 호전되지 않자 그전 치료는 물론 이번 치료 방법에 대한 믿음도 상실하여 전에 없이 침울해졌다. 한번은 잘 아는 부인 한 사람이 성화를 이용한 치료법에 대해 이야기를 들려주었다. 이반 일리치는 문득 자신이 얘기를 경청하고 그 방법의 효능을 믿어 의심치 않고 있음을 깨달았다. 그러고는 충격을 받았다. 그는 혼잣말로 중얼거렸다. '내 정신상태가 정말 이렇게 희미해졌단 말인가? 말도 안 돼! 턱도 없는 얘기야. 그래 의심을 품어선 안 돼. 의사를 정했으면 지시사항을 잘 이행해야 해. 그래 난 그렇게 할 거야. 이젠 됐어. 아무 생각 없이 여름까지 처방을 엄격히 준수하겠어. 그러면 효과가 나타나겠지. 이제 더 이상 흔들리지 말자!'
그러나 말하긴 쉬웠지만 실행에 옮기는 것은 불가능했다. 옆구리의 통증은 더욱 심해졌고 잠시도 멈추지 않을 기세였다. 또한 입 안에서는 자꾸만 이상한 맛이 느껴져 입에서 역한 냄새가 나는 것 같았다. 그러자 입맛이 없어졌고 힘도 빠져나갔다. 이제 더 이상 자신을 속일 수는 없었다. 그가 지금껏 살아오면서 경험하지 못했던 무섭고 낯설고 의미심장한 무엇인가가 그의 몸 안에서 일어나고 있었다. 그리고 이건 오직 그 자신만 알고 있었고 주위의 그 누구도 이해하지 못했다. 아니 이해하려 들지도 않았고 세상만사는 예나 다름없이 흘러간다고 생각했다. 바로 그게 이반 일리치의 마음을 가장 아프게 했다. 그가 보기에 집안 식구들, 특히 이 무렵 사교계에서 절정을 구가하던 아내와 딸은 아무것도 이해하지 못했고 남편, 아버지가 짜증을 내며 까다롭게 구는 데 대해 그게 마치 그의 잘못인 양 성을 내는 것 같았다. 아무리 아내와 딸이 그걸 숨기려고 애를 써도 그가 보기에 자신은 이들에게 장애물이었으며 아내는 그가 무슨 말을 하고 어떤 행동을 하더라도 그의 병에 대해 익히 알려진 입장을 견지하고 있었다. 입장은 다음과 같았다.

"저 말이에요."

아내는 아는 사람들에게 말했다.

"이반 일리치는 착한 사람들이 다 그렇듯이 치료 관련 지시사항을 엄격히 지키지 못해요. 오늘은 지시에 따라 물약을 먹고 식사도 하고 제시간에 자리에 드는데 문제는 다음 날이에요. 약을 안 먹거든요. 그런가 하면 먹지 말라고 한 철갑상어를 먹어요. 밤 한시까지 브리지게임도 하지요."

"뭐가, 언제?"

이반 일리치는 화를 내며 말했다.

"표트르 이바노비치의 집에서 딱 한 번 그런 걸 가지고그래."

"어제 세벡 집에서도 그랬잖아요."

"어차피 아파서 잠을 못 이뤘을 텐데 뭐……."

"아무래도 상관없어요. 다만 당신, 그런 식으로는 절대 건강을 회복하지 못하고 우리만 힘들게 해요."

다른 사람은 물론 그에게도 말한 그녀의 입장은 남편의 병에 대한 책임은 남편 자신에게 있고 자신은 남편의 병 때문에 죽겠다는 것이었다. 이반 일리치는 아내의 그런 입장이 무의식적으로 표출되었음을 느낌으로 알았다. 그러나 그렇다고 해서 기분이 나아지지는 않았다.

법원에서도 이반 일리치는 자신을 대하는 태도가 이상함을 알아차렸다. 아니 알아차렸다고 생각했다. 때로는 사람들이 자기를 곧 자리를 비우게 될 사람을 대하듯 이상하게 쳐다보는 것 같았다. 그런가 하면 느닷없이 친구들이 그를 소심하다며 짓궂게 놀려대기 시작했다. 마치 무시무시하고 두려운 무엇, 전대미문의 무엇, 그의 몸 안에 둥지를 튼 채 쉬지 않고 그 자신을 빨아들이며 그를 어딘가로 끌고 가는 그 무엇이 농담하기에 가장 좋은 소재라도 되는 것처럼 친구들은 그를 놀려댔다. 특히 슈바르츠가 장난기, 생기 그리고 동료애가 넘치는 농담을 해댈 때 이반 일리치는 십 년 전의 자기 모습이 생각나 분통이 터졌다.

친구들이 한판 하러 와서 자리에 앉았다. 카드가 분배되자 이반 일리치는 새 카드를 길들이기 위해 살짝 구부리면서 다이아몬드는 다이아몬드끼리 모았다. 모두 일곱 장이었다. 같은 편이 "으뜸패 없기!"라고 외치며 다이아몬드 두 장을 밀어주었다. '뭘 더 바란단 말인가? 좋았어, 멋지다고. 이러면 틀림없이 전승이야.' 그런데 여기서 갑자기 찌르는 듯한 통증과 함께 입안이 거북해졌다. 그러자 그는 이러한 상황에서 전승할 기쁨에 사로잡힌

다는 게 왠지 기괴하다는 생각이 들었다.

그는 같은 편인 미하일 미하일로비치를 쳐다보았다. 그는 억센 손으로 테이블을 두드리며 공손히 그리고 여유 있게 지는 패를 가져가지 않고 이반 일리치에게 밀어주었다. 그건 이반 일리치에게 멀리 팔을 뻗는 수고를 하지 않고 카드를 집어드는 즐거움을 주기 위함이었다. 그러나 이반 일리치는 '저 친구 왜 저래. 내가 팔을 멀리 뻗을 힘도 없다고 생각하는 거야, 뭐야' 라고 생각하며 으뜸패를 까마득하게 잊고 실수로 으뜸패를 하나 내놓음으로써 자기편을 쳤고 3이 모자라 전승을 날려버렸다. 무엇보다도 가슴 아픈 건 미하일 미하일로비치가 괴로워하는 걸 보면서도 자신은 아무렇지도 않다는 사실이었다. 그러나 자기가 왜 아무렇지도 않았는지 생각하는 것은 더욱 끔찍했다.

그가 힘들어하는 게 보이자 모두 그에게 말했다. "피곤하면 그만합시다. 좀 쉬세요." 쉰다고? 천만에. 그는 조금도 피곤하지 않았다. 그들은 세 판 승부를 끝까지 겨루었다. 분위기는 무거웠고 모두 말이 없었다. 이반 일리치는 그렇게 된 게 자기 탓임을 직감했지만 무거운 분위기를 바꾸지는 못했다. 저녁식사를 한 후 그들이 돌아가자 이반 일리치는 자신의 인생에 독이 스며들었고 이 독은 다른 이들의 삶에도 퍼져가고 있으며 약해지기는커녕 자기 자신 내부에 보다 깊이 파고들고 있다는 것을 뼈저리

게 인식했다.

  그는 그러한 인식과 더불어 육체적인 고통 그리고 두려움을 안고 잠자리에 들어야 했고 그나마 통증 때문에 잠을 제대로 자지도 못했다. 그러나 날이 밝으면 다시 자리에서 일어나 옷을 입고 법원에 가서 말을 하고 글을 써야 했다. 법원에 가지 않는 날이면 스물네 시간 꼬박 집에 있어야 했는데 매 시간이 고통의 연속이었다. 그는 그렇게 파멸의 끝자락에 서서 이해하고 동정해주는 사람 없이 외롭게 버텨야 했다.

5

 그렇게 두 달이 흘러갔다. 설을 앞두고 처남이 찾아와 그들 집에 머물렀다. 이반 일리치는 법원에 있었고 프라스코비야 표도로브나는 장을 보러 나갔다. 이반 일리치가 집에 도착해 서재로 들어서자 혈색 좋고 건강한 처남이 짐을 풀고 있는 모습이 눈에 들어왔다. 처남은 발소리를 듣고 고개를 들어 잠시 그를 올려다보았다. 그 눈길은 모든 걸 말해주고 있었다. 처남은 '아' 하고 한탄하려는 듯 입을 벌렸다가 이내 그만두었다. 그 동작은 모든 걸 증명하고 있었다.
 "왜, 내가 변했나?"
 "예……. 변했어요."

이반 일리치는 이어지는 대화에서 자신의 현재 모습에 대한 처남의 의견을 들어보려 했지만 처남은 언급을 피했다. 그러다 프라스코비야 표도로브나가 집에 돌아오자 그는 그녀에게 갔다. 이반 일리치는 문을 걸어 잠그고 거울에 비친 자신을 들여다보기 시작했다. 처음에는 앞모습, 이어서 옆모습을 관찰했다. 그러고는 자기 부부의 초상화를 들고 거울에 비친 자기 모습과 비교해 보았다. 차이는 컸다. 그는 소매를 팔꿈치까지 걷어붙이고 양팔을 살펴보고 나서 다시 내렸다. 그런 후 어두운 표정으로 소파에 앉았다.

"아니야, 이건 아니야."

그는 혼잣말을 하며 벌떡 일어나 책상으로 가서 서류철을 열고 서류들을 읽어보려고 했다. 그러나 눈에 들어오지 않았다. 그는 문을 열고 응접실로 갔다. 응접실 문은 닫혀 있었다. 그는 살금살금 문에 다가가 정신을 집중하여 엿듣기 시작했다.

"얘, 너 과장하는 거야."

프라스코비야 표도로브나가 말했다.

"내가 과장한다고요? 누나 안 보여요? 매형은 끝났어요. 눈을 좀 봐요. 산 사람 눈이 아니에요. 근데 병명이 뭐래요?"

"아무도 몰라. 니콜라예프(다른 의사였다) 선생님이 뭐라고 했는데 나는 모르겠어. 레세티츠키(고명한 의사였다) 선생님은 정반대 이야기를 하고……."

이반 일리치는 자리를 떠나 자기 방으로 돌아와 누웠다. 그러고는 생각에 잠겼다. '신장, 신하수병이야.' 그는 의사들이 자기에게 신장이 자리를 이탈하여 떠돌아다니는 거라고 얘기하던 게 하나하나 생각났다. 그러자 그는 상상력을 총동원해 신장을 잡아 세운 후 단단히 붙들어 맸다. 그건 그리 어려운 일이 아닌 것 같았다. '표트르 이바노비치를 찾아가봐야겠어.'(표트르 이바노비치의 친구 중에는 의사가 한 명 있었다.) 그는 벨을 눌러 말을 준비시키고 외출 채비를 했다.

"장,[6] 어디 가게요?"

아내가 유난히 슬프고 다정한 표정을 지으며 물었다.

그러나 그녀의 평소와 다른 상냥한 태도에 그는 기분이 나빠졌다. 그는 얼굴을 찌푸리며 그녀를 바라보고 말했다.

"표트르 이바노비치에게 가봐야겠어."

그는 의사를 친구로 두고 있는 친구를 방문하러 떠났다. 그는 친구와 함께 의사를 찾았고 의사를 만나 오랫동안 얘기를 나누었다.

그는 자신의 몸 안에서 일어나고 있는 일에 대한 의사의 구체적인 소견을 들으며 이를 해부학과 생리학의 관점에서 분석하며

---

[6] 이반의 프랑스식 이름. 제정 러시아 시대에 귀족들은 프랑스어를 사용하면서 이름을 프랑스식으로 부르는 경우가 많았음.

이해했다.

맹장에 조그만, 아주 조그만 문제가 있었다. 그건 깔끔히 해결될 수 있었다. 한 기관의 에너지를 강화시키고 다른 기관의 활동을 약화시키면 흡착작용이 일어나 모든 게 정상으로 돌아올 것이었다. 그는 식사에 좀 늦게 나타났다. 식사를 하고 얘기가 즐거워지자 그는 사무를 보러 자기 방에 가는 걸 계속 늦추었다. 그러다 마침내 서재에 가서 자리에 앉아 즉시 일을 시작했다. 그는 서류들을 읽으며 작업을 해나갔다. 그러나 마음은 일이 끝나는 대로 신경을 쓰기로 하고 미뤄놓은 중요한 일에 가 있었다. 작업이 끝나자 그는 마음속으로 중요한 그 일이 다름 아닌 맹장에 관한 생각이었음을 깨달았다. 그러나 그는 생각을 접고 차를 마시러 응접실로 갔다. 손님들이 와서 얘기를 하고 있었고 누군가 피아노 반주에 맞추어 노래를 부르고 있었다. 딸아이의 예비신랑인 예심판사도 와 있었다. 이반 일리치는 즐겁게, 프라스코비야 표도로브나의 표현에 따르면 그 누구보다도 즐겁게 저녁시간을 보냈다. 그렇지만 그는 맹장에 관해 미뤄둔 중요한 문제가 있다는 걸 한순간도 잊지 않았다. 그는 열한시에 자리를 떠나 자신의 방으로 갔다. 아프기 시작한 이래 서재에 딸린 조그만 방에서 줄곧 혼자 잠을 잤던 것이다. 그는 옷을 벗고 소설책 한 권을 집어 들었다. 에밀 졸라의 소설이었다. 그러나 그는 읽지 않고 생각에 잠겼다.

그러자 머릿속에 원하는 맹장의 치료과정이 떠올랐다. 흡입, 제거, 정상적인 활동 재건. "그래, 바로 이거야." 그는 혼잣말을 했다. "자연스럽게 치유되도록 도와주면 돼." 그는 약이 생각나서 몸을 약간 일으켜 약을 복용하고 자리에 누웠다. 약 기운이 기분 좋게 퍼져 나갔고 그는 통증을 제거하는 소리를 듣는 데 정신을 집중했다. "그래, 규칙적으로 약을 복용하고 몸에 해로운 건 피하는 거야. 벌써 훨씬 좋아진 것 같아." 그는 옆구리를 더듬어 살짝 눌러보았다. 아프지 않았다. "그래, 못 느끼겠어. 정말 훨씬 좋아졌다니까." 그는 촛불을 끄고 모로 누워봤다……. 맹장이 나아지고 있다, 흡입하고 있다. 갑자기 익히 알고 있는 오랜 통증, 조용히 찾아와 찌르는 묵직하면서도 날카로운 통증이 그를 덮쳤다. 입안에는 예의 불쾌한 맛이 가득 차올랐다. 심장박동이 약해지고 머릿속이 멍해졌다. "하느님, 맙소사, 하느님, 맙소사!" 그는 중얼거렸다. "또 시작이야, 또. 이젠 멈추지 않을 거야." 그러자 갑자기 문제가 전혀 달리 보이기 시작했다. "맹장! 신장." 그는 혼잣말을 했다. "맹장 문제도 신장 문제도 아냐. 삶 그리고 …… 죽음의 문제야. 그래, 삶이 있었는데 지금은 떠나가고 있는 거야. 떠나는 중이라고. 근데 나는 그걸 붙들 수 없어. 그래, 뭣 땜에 자신을 더 속여? 나만 빼고 모두 내가 죽어가고 있는 걸 알고 있잖아. 그래 문제는 몇 주일 후냐, 며칠 후냐 아니면 지금

당장이냐야. 한때 빛이 있던 자리를 지금은 어둠이 차지하고 있어. 나 또한 한때 이곳에 있었지만 지금은 저곳으로 가야 해! 어디라고?" 등골이 서늘해지고 숨이 막혀왔다. 심장 뛰는 소리만이 들려왔다.

"내가 없어지면 뭐가 될까? 아무것도 안 될 거야. 그럼 어디에 가 있게 될까? 정녕 죽어야 한다는 말인가? 아니야, 그럴 수는 없어." 그는 자리에서 벌떡 일어나 촛불을 켜려고 했다. 그러나 부들부들 떨리는 손으로 초를 더듬다가 그만 촛대와 함께 바닥에 떨어뜨리고 말았다. 그는 뒤로 넘어져 베개 위에 쓰러졌다. "왜? 그래, 아무래도 상관없어." 그는 퀭한 눈으로 어둠을 응시하며 혼잣말을 했다. "죽음이라. 그래, 이제 죽는 거야. 근데 저들 중 아무도 몰라 알려고 듣지도 않지, 불쌍히 여기지도 않고. 연기를 하고 있어. (문 뒤쪽에서 노랫소리와 반주 소리가 멀리서 들려오듯 들려왔다.) 저들은 관심도 없어. 자기들도 죽을 텐데 말이야. 어리석은 것들. 나는 좀 빨리, 저들은 좀 늦게 갈 뿐이야. 죽는 건 같아. 근데도 좋아들 하고 있어. 짐승 같은 것들!" 그는 부아가 치밀어 올라 숨이 막혔다. 그러자 고통스러워졌고 참을 수 없이 답답해졌다. 사람들이 언제나 이처럼 끔찍한 무서움을 겪는 운명을 타고난다는 건 말도 안 되었다. 그는 몸을 일으켰다.

'뭔가 잘못됐어. 진정하자. 모든 걸 처음부터 다시 생각해봐야

해.' 그는 생각을 가다듬기 시작했다. '그래, 병의 시작부터 살펴보자. 옆구리를 부딪혔었지. 그런데 이상이 없었어. 하루 전, 하루 후도 마찬가지였어. 그러다가 조금 쑤셨고 다음에는 좀 더 쑤셨어. 그 후 의사들을 찾아갔었지. 그러다가 우울해지고 자꾸 걱정이 되자 다시 의사들을 찾아갔었지. 그러는 가운데 나는 밑바닥에 자꾸만 가까이 갔던 거야. 힘은 자꾸만 빠져나갔고. 자꾸. 그러다 이렇게 쇠약해지고 눈에는 광채가 사라지게 된 거지. 이제 죽음이 다가왔는데 나는 맹장에 대해 생각하고 있어. 어떻게 하면 맹장을 고칠까 생각하고 있는데 죽음이 찾아온 거야. 그래 정말 죽는 걸까?' 그러자 다시 두려움이 그를 엄습했다. 그는 가쁜 숨을 몰아쉬며 허리를 굽혀 성냥을 찾기 시작했다. 그러다 팔꿈치를 침대 옆 탁자에 부딪혔다. 그는 절망감에 빠져 숨이 가빠지며 뒤로 넘어졌다. 그는 죽음이 곧 들이닥치리라 생각했다.

이때 손님들이 떠나고 있었다. 프라스코비야 표도로브나는 손님들을 배웅하던 중 그가 넘어지는 소리를 듣고 방으로 들어왔다.

"무슨 일 있어요?"

"아무것도 아니야. 실수로 뭘 떨어뜨렸어."

그녀는 방을 나가더니 초를 가지고 돌아왔다. 그는 1베르스타를 달려온 사람처럼 누워서 힘겹게 숨을 몰아쉬고 있었다. 두 눈은 그녀를 향해 고정되어 있었다.

"장, 왜 그래요?"

"아-무-거엇도 아-냐. 뭐-얼 떠얼어-뜨려어었-어."

'무슨 말을 해. 저 여자는 어차피 이해하지 못할 텐데'라고 그는 생각했다.

아닌 게 아니라 그녀는 정말 이해하지 못했다. 그녀는 촛대를 집어 들고 초에 불을 붙인 후 서둘러 방을 나갔다. 손님을 전송해야 했던 것이다.

그녀가 방으로 돌아왔을 때 그는 아까처럼 누워서 천장을 응시하고 있었다.

"왜 그래요? 더 안 좋아요?"

"응."

그녀는 고개를 절레절레 흔들더니 잠시 앉았다.

"있잖아요, 장, 레세티츠키 선생님을 집으로 오시게 할까봐요."

이 말은 고명한 의사를 모셔오되 액수에는 신경을 쓰지 말자는 의미였다. 그는 독을 품은 미소를 지으며 "안 돼"라고 말했다. 그녀는 좀 더 앉아 있더니 그에게 다가와서 이마에 키스했다.

키스하는 순간 그녀가 지독히 미워졌다. 그는 그녀를 떼밀지 않도록 무진 애를 써야 했다.

"잘 있어요. 하느님이 돌봐주실 거예요. 잠을 좀 자도록 해봐요."

"그래."

6

이반 일리치는 자신이 죽어가고 있다는 걸 깨달았다. 그래서 한없이 절망했다.

그는 자신이 죽어가고 있다는 걸 마음속 깊이 알고 있었다. 그러나 이를 사실로 받아들이지도 이해하지도 못했고 또 이해할 수도 없었다.

그가 키제베터[7]의 논리학에서 배운 '카이사르는 사람이다. 사람은 죽는다. 따라서 카이사르도 죽는다'는 유명한 삼단논법은 카이사르에게나 적용되지 자신에게도 적용된다고는 꿈에도 생각

---

[7] 요한 고트프리트 키제베터(1766~1819). 독일의 철학자로 칸트의 제자였으며 그가 쓴 논리학 책은 러시아어로도 번역되었음.

지 않았다. 그가 볼 때 인간 카이사르는 인간이었으므로 법칙의 적용은 정당했다. 그러나 자기 자신은 카이사르가 아니므로 인간이 아니며 항상 다른 사람들과는 전혀 다른 특별한 존재라고 여겼다. 그는 엄마, 아빠, 미챠, 볼로쟈, 장난감, 마부, 유모, 카텐카, 유년 시절, 소년 시절, 청년 시절의 기쁨과 슬픔, 환희와의 관계에서 항상 바냐[8]였던 것이다. 바냐가 그토록 좋아하던, 끈을 꼬아 만든 가죽 공 냄새는 카이사르를 위한 것이었다는 말인가? 정녕 카이사르가 그렇게 어머니의 손에 키스를 하고, 어머니의 비단옷 자락은 카이사르를 위해 사락사락 소리를 냈다는 말인가? 법학교에서 만두 때문에 난리를 일으킨 게 과연 카이사르란 말인가? 사랑에 빠질 수 있었던 인간이 과연 카이사르란 말인가? 재판을 그렇게 진행시킬 수 있었던 사람이 과연 카이사르냐고?

카이사르는 죽을 운명이었다. 따라서 그의 죽음은 타당한 것이다. 그러나 나 바냐, 즉 감성과 이성을 지닌 이반 일리치에게 죽음은 다른 문제이다. 내가 죽어야 한다는 건 있을 수 없다. 그건 너무 끔찍한 일이다.

그는 그렇게 느끼고 있었다.

'만일 내가 카이사르처럼 죽어야 한다면 그걸 알았을 거야. 내

[8] 이반의 애칭.

면의 목소리가 얘기를 해주었을 테니까. 하지만 그와 비슷한 건 내 안에 없었어. 나와 내 친구들, 우리 모두, 우리는 카이사르와는 다르다고 알고 있었어. 근데 이게 뭐야!' 하고 그는 혼잣말을 했다. '말도 안 돼. 있을 수 없는 일이야. 근데 벌어진 걸 어떡해. 이게 뭐야? 도대체 이걸 어떻게 받아들여야 하느냐고?'

그는 도무지 이해할 수 없었다. 그래서 이 부질없고, 잘못된, 병적인 생각을 떨쳐버리고 그 자리에 바르고 건전한 생각을 채워 넣고자 무진 애를 썼다. 그러나 그 생각은 단순히 생각으로서뿐만 아니라 마치 현실인 것처럼 다시 찾아와서 그의 앞에 모습을 드러냈다.

그러자 그는 버팀목이 되어주었으면 하는 바람에서 그 생각의 자리에 다른 생각들을 차례차례 불러들였다. 그는 죽음에 관한 생각을 차단해주던 예전 사고방식으로 돌아가려고 했다. 그런데 희한하게도 죽음에 대한 인식을 차단하고 은폐하며 파괴하던 예전 그 모든 게 이제는 전혀 작동하지 않았다. 요 근래 이반 일리치는 예전에 죽음을 가려주던 그 감정들을 복구하는 데 대부분의 시간을 할애해왔다. 그는 자신에게 "일이나 하자. 사실 난 일에 의존하며 살아왔잖아"라고 말하곤 했다. 그는 온갖 의구심을 털어버리고 법원에 갔다. 동료들과 얘기를 하기도 하고 옛 버릇대로 느긋하게 재판정의 자리에 앉아 골똘히 생각하는 눈길로 청중을 바라보기도 했다. 그리고 앙상한 두 팔을 참나무 안락의자의 팔걸이에 올려놓은 채 서류철을 끌어당긴 후 여느 때처럼 동료에게 몸을 기울여 귓속말을 주고받았다. 그러다 갑자기 시선을 정면으로 하고 정좌를 한 후 의례적인 말을 내뱉은 뒤 재판을 시작했다. 그런데 재판이 한창 진행되는 도중에 느닷없이 옆구리에 통증이 살아나 재판의 진행 과정에는 아랑곳하지 않고 괴롭히는 본연의 일을 하기 시작했다. 이반 일리치는 정신을 집중해 이에 관한 생각을 연신 털어냈다. 그러나 통증은 하던 일을 계속했다. 그러자 죽음이 찾아와 그의 앞에 우뚝 서서 그를 바라보기 시작했다. 그는 몸이 얼어붙어갔고 눈에서는 광채가 사라졌다. 그는 다시 '정녕 이것만이 진리란 말인가?' 하고 스스로 묻기 시작했다. 동료들과 부하 직원들은 그토록 훌륭하고 예리하던 판사가 중심을 못 잡고 실수를 연발하는 모습을 지켜보며 놀라움과 안쓰러움을 금치 못했다. 그는 자신을 추스르며 정신을 차리고자 애썼다. 그리고 간신히 재판을 마친 후 집으로 돌아왔다. 그는 참담한 심경이 되었다. 예전과 달리 법원 일조차 자신이 숨기고 싶어 하는 것을 숨겨주지 못하자 법원 일에 의지해서는 죽음에 관한 생각으로부터 달아날 수 없다는 걸 깨달았다. 그러나 무엇보다도 기분 나빴던 건 죽음에 관한 생각이 그를 끌어들이는 이유였다. 그건 그가 어떤 일을 하도록 하기 위한 것이 아니라 그가 죽음을 쳐다보고 응시하며 그렇게 들여다본 채 형언할 수 없는 고통을 겪으라는 것이었다.

이반 일리치는 이러한 상태에서 벗어나기 위해 새로운 위안, 다른 종류의 보호막을 물색했다. 그러나 새 보호막 또한 잠깐 그를 보호해주는 느낌을 주는 데 그쳤다. 그건 부서진 건 아니지만 투명해졌다고는 할 수 있었다. 모든 것을 뚫고 나타나는 죽음 앞에 몸을 숨길 수 있는 것은 없어 보였다.

요즘 들어 그는 자신이 손수 단장한 응접실, 목숨을 바쳐 단장한 응접실, 여기서 옆구리를 다쳐 자신의 병이 비롯되었음을 알기 때문에 쓴웃음이 절로 나오는 응접실에 들르는 일이 부쩍 늘었다. 응접실에 들어서자 래커 칠을 한 테이블 상판이 뭔가에 긁힌 자국이 눈에 들어왔다. 원인을 찾던 그는 앨범의 동제 장식의 모퉁이 한쪽이 구부러져서 그런 것임을 알아냈다. 정성을 쏟아 가꿔온 소중한 앨범을 집어 든 그는 딸과 딸 친구들의 경솔함에 화가 났다. 살펴보니 떨어져 나간 게 있었고 거꾸로 된 사진도 있었다. 그는 꼼꼼히 앨범을 정리했고 구부러진 장식도 원래대로 폈다.

그러자 앨범과 함께 가구들을 전부 방의 다른 쪽 구석, 꽃 쪽으로 옮기고 싶은 생각이 들었다. 그는 하인을 불렀다. 그러나 딸도 아내도 도와준답시고 와서는 그의 생각에 반대하며 그를 물고 늘어졌다. 그는 그들과 다투며 화를 냈지만 그 모든 게 싫지는 않았다. 죽음에 대한 생각이 나지 않았고 또 죽음이 보이지 않았기 때문이다.

그러나 그가 직접 가구를 옮기자 아내는 "관두세요. 사람들을 시켜요. 다시 다치면 어떡해요"라며 말렸고 순간 죽음이 보호막 사이로 얼핏 보였다. 이어서 죽음이 눈에 들어왔다. 죽음이 얼핏 보였을 때만 해도 그는 죽음이 제발 숨어주길 바랐다. 그는 무의식중에 옆구리에 신경 썼다. 모든 게 그대로 있었다. 쑤시는 아픔 또한 여전했다. 그는 더 이상 망각의 상태에 머물 수가 없었다. 죽음이 꽃들 너머로 그를 바라보고 있었다. 이 모든 게 다 무슨 소용이야?

'그래 맞아. 바로 여기서 이 커튼을 걸다가 기습을 당한 거야. 그래서 목숨을 잃게 된 거고. 그렇지? 끔찍해, 바보 같으니! 아냐! 이럴 수는 없어! 하지만 이미 엎질러진 물이야.'

그는 서재로 가서 몸을 뉘었다. 그는 다시 죽음과 단둘이 되었다. 죽음이 눈앞에 있었지만 할 수 있는 건 아무것도 없었다. 할 수 있는 건 오직 죽음을 응시하며 두려움에 떠는 것뿐이었다.

7

 이반 일리치가 아프기 시작한 지 석 달이 되던 즈음, 어떻게 병세가 악화되었는지 설명하는 건 불가능했다. 왜냐하면 병세는 서서히 눈에 띄지 않게 나빠졌기 때문이다. 아내, 딸, 아들은 물론 하인들, 친구들, 의사들 그리고 누구보다도 그 자신이 알게 된 사실이 있었다. 그건 사람들의 관심이 오로지 과연 그가 곧 자리를 비워주고 자신의 존재로 인해 야기된 산 자들의 고통을 덜어줄 것인가 그리고 그 자신도 고통으로부터 벗어날 것인가에 쏠려 있다는 사실이었다.
 그는 차츰 잠이 적어졌다. 아편이 투여되었고 모르핀이 주사되기 시작했다. 하지만 상태는 나아지지 않았다. 비몽사몽의 상태에서 느낀 묵직한 통증은 처음에는 뭔가 새로운 것으로 다가와 견디기가 좀 나았다. 그러나 시간이 흐름에 따라 이 또한 마찬가지로 견디기 힘들어졌고 심지어는 진짜 통증보다 더 참기 어려워졌다.

그는 의사들의 지시에 따라 특별히 조리된 음식을 먹었다. 그러나 그 음식들은 조금도 맛이 없었고 시간이 흐를수록 맛은 더 떨어졌으며 역겨워지기까지 했다.

배뇨와 배변을 위해서도 특별한 도구가 제작되었는데 이 도구를 사용할 때마다 그는 심한 고통을 느꼈다. 고통의 원인은 불결함, 불편함, 냄새 그리고 사용 시 타인이 도와주어야 한다는 사실이었다.

그러나 불편하기 짝이 없는 이 일을 치르면서도 이반 일리치에게는 위안이 되는 게 있었다. 집사 일을 돕던 농부 게라심이 배설물을 버리기 위해 항상 왔던 것이다.

게라심은 서글서글하고 참신하며 도회지 음식을 먹어 살이 포동포동 찐 젊은 농부였다. 언제 보아도 명랑했고 시원시원했다. 항상 러시아식으로 깨끗이 옷을 입고 구역질나는 일을 맡은 그를 처음 대했을 때 이반 일리치는 곤혹스러워했다.

한번은 변기에서 일어났으나 바지를 올릴 힘이 없어 푹신한 안락의자에 털썩 주저앉은 적이 있었다. 그는 근육 자국이 선명히 드러나는 약한 허벅지를 바라보며 겁이 더럭 났다.

그때 두꺼운 장화에서 나는 좋은 타르 냄새를 사방에 풍기며 신선한 겨울 공기와 함께 가벼우면서도 힘찬 걸음걸이로 게라심이 들어왔다. 그는 거친 마로 만든 깨끗한 앞치마를 두르고 깨끗한 면 루바슈카[9]를 입고 있었는데 옷소매가 걷어 올려져 억세고 건강한 두 팔이 드러나 있었다. 그는 행여 환자가 모욕감을 느낄까 봐 자신의 얼굴에서 묻어나는 찬란한 삶의 기쁨을 애써 누르면서 그를 못 본 척하고 변기를 향해 다가갔다.

"게라심."

이반 일리치가 그를 불렀다.

게라심은 움찔했다. 혹시 자기가 뭘 잘못해서 부르는 게 아닌가 생각하는 것 같았다. 그는 순간적으로 환자를 향해 싱싱하고 선하며 순박한 젊은 얼굴, 막 수염이 나기 시작한 얼굴을 돌렸다.

"네, 나리."

"너 말이야, 이런 일, 마음이 안 내킬 거야. 미안하다. 근데 어쩔 수가 없구나."

"별 말씀을 다하십니다요."

게라심이 이렇게 말하자 눈빛이 반짝였고 싱싱하고 하얀 이가 드러났다.

---

[9] 품이 넓은 남성용 상의.

"당연히 해드려야지요. 편찮으신데요, 뭐."

그는 그러면서 힘센 손으로 민첩하게 몸에 밴 일을 처리한 후 잽걸음으로 밖으로 나갔다. 그리고 오 분 후 아까와 마찬가지로 잽싼 걸음걸이로 돌아왔다.

이반 일리치는 여전히 안락의자에 앉아 있었다.

"게라심."

그는 깨끗이 씻은 변기를 가져다 놓는 하인을 부르며 말했다.

"나 좀 도와줘. 이리 와봐."

게라심이 다가왔다.

"나 좀 일으켜줘. 혼자서는 힘들구나. 드미트리는 보내버렸다."

게라심이 가까이 왔다. 그는 잽걸음을 걷듯이 억센 팔로 그를 안고 잽싸고 부드럽게 그를 일으켜 세운 후 한 팔로는 그를 붙들고 다른 한 팔로는 바지를 끌어당겨 입힌 후 자리에 앉히려 했다. 그러나 이반 일리치는 그에게 소파로 데려가달라고 부탁했다. 게라심은 마치 전혀 힘이 들지 않다는 듯 그를 안다시피 소파로 데려가 앉혔다.

"고맙다. 빠르고 솜씨가 좋구나…… 일처리 하는 게."

이반 일리치가 말했다.

게라심은 다시 미소를 지으며 자리를 뜨려 했다. 그러나 이반 일리치는 그와 있는 게 좋아서 그를 보내려 하지 않았다.

"저 말이다. 그 의자 좀 내게 밀어다오. 아니, 그 의자 말이야, 다리 아래에. 발을 높이면 좀 낫거든."

게라심은 의자를 가져와 부딪치지 않고 단번에 제대로 놓은 후 이반 일리치의 다리를 그 위에 올려주었다. 이반 일리치는 게라심이 자신의 다리를 높이 들고 있을 때가 더 편하게 느껴졌다.

"다리가 좀 더 높으면 좋을 것 같구나."

이반 일리치가 말했다.

"저기 쿠션 좀 갖다가 다리에 괴어줄래?"

게라심은 그가 말한 대로 했다. 그는 다시 다리를 들고 쿠션을 아래에 놓았다. 게라심이 자신의 다리를 들자 이반 일리치는 기분이 나아졌다. 그러나 게라심이 다리를 내리자 상태가 안 좋아지는 것 같았다.

"게라심."

이반 일리치는 그를 불렀다.

"지금 바쁘니?"

"전혀 아닙니다요."

게라심이 도시인들에게서 배운 주인에게 사용하는 어법을 구사하며 말했다.

"아직 해야 할 일이 있니?"

"제가 할 일이 뭐가 있겠습니까? 다 끝냈습니다. 내일 쓸 장작 팰 일만 빼고요."

"그럼 다리를 조금만 더 높이 들고 있어다오. 그래주겠니?"

"물론입니다요"라고 말하며 게라심은 그의 다리를 좀 더 높이 들었다. 그러자 이반 일리치는 통증이 느껴지지 않는 것 같은 느낌이 들었다.

"근데 장작은 어떻게 하니?"

"걱정 마십시오, 나리. 할 수 있습니다."

이반 일리치는 게라심에게 앉아서 다리를 붙들고 있으라 하고 그와 얘기를 나누었다. 그러자, 이상하게도 게라심이 자신의 다리를 붙잡고 있는 동안만큼은 상태가 나아지는 것 같은 느낌이 들었다.

이후 이반 일리치는 가끔 게라심을 부르기 시작했고 그의 어깨에 자신의 다리를 올려놓게 한 후 그와 얘기하길 좋아했다. 게라심은 그의 요구를 쉽게, 기꺼이, 간단하게 그리고 착한 마음으로 들어주었다. 이반 일리치는 그의 이런 착한 마음씨에 감동을 받았다. 다른 사람들이 지닌 건강, 힘, 삶의 활력은 이반 일리치에게 모욕감을 느끼게 했다. 그러나 게라심의 힘과 삶의 활력은 그에게 슬픔 대신 평온을 주었다.

이반 일리치를 가장 힘들게 한 건 바로 거짓이었다. 거짓말, 어찌된 연유인지는 몰라도 모든 이들이 받아들인 거짓말, 그는 죽어가는 게 아니라 조금 아플 뿐이라는 거짓말, 마음을 차분하게 먹고 치료를 받으면 좋은 결과를 얻게 될 거라는 거짓말, 이것이 그를 가장 괴롭혔다. 그는 무슨 짓을 해도 소용이 없고 고통만 더 심해지며 결국은 죽음이라는 종착역에 도달하게 될 것임을 알고 있었다. 그는 예의 거짓말 때문에 괴로워했고, 사람들이 자기네들은 물론 그도 알고 있다는 걸 인정하지 않고 그의 끔찍한 상태를 고려하여 그를 속이려 들고, 그마저 그 거짓말에 동참할 것을 강요하는 것 또한 그를 괴롭혔다. 거짓말, 거짓말, 그가 사망하기 전날 밤에도 쏟아진 이 거짓말, 끔찍하고 엄숙한 죽음의 의식을 한낱 방문, 커튼, 저녁식사에 올려질 철갑상어 등의 수준으로 끌어내리고 만 거짓말은 이반 일리치에게 엄청난 고통을 안겨주었다. 그런데 기이하게도 그들이 그에게 광대짓을 할 때마다 그는 '거짓말 그만해. 내가 죽을 거라는 건 당신들도 나도 알잖아. 그러니 제발 적어도 거짓말만은 더 하지 말아줘'라고 수없이 소리를 지를 뻔했다. 그러나 그는 그걸 실천에 옮길 용기를 내지 못했다. 그는 두렵고 끔찍한 자신의 죽음의 의식이 주변 사람들 모두에 의해 그 자신이 평생 지켜온 '법도'의 관점에서 볼 때 뜻하지 않게 일어난 불편한 일, (마치 악취를 풍기며 응접실에 들어오는 사람을 다뤄야 할 때처럼) 다분히 거북한 일의 수준으로 격하되는 것을 똑똑히 보았다. 그는 아무도 자신의 처지를 이해하려 들지 않고 자기를 동정하지 않는다는 것을 깨달았다. 오직 게라심 한 사람만이 그의 처지를 이해하고 그를 불쌍히 여겼다. 그래서 이반 일리치는 그가 곁에 있을 때만 마음이 편했다. 그는 이따금 게라심이 여러 밤 계속해서 잠자러 갈 생각도 하지 않고 그의 곁에서 다리를 붙든 채 "걱정 붙들어 매세요, 이반 일리치 나리, 소인 충분히 잘 겁니다요"라고 말할 때 마음이 편안했다. 또는 그가 별안간 말을 낮추며 "안 아프면 일해야지, 왜 안 해?"라고 한마디 할 때도 기분이 좋았다. 오로지 게라심 한 사람만이 거짓말을 하지 않았다. 또 모든 것을 종합해서 볼 때 그만이 문제를 이해하여 이를 숨길 필요가 없다고 보고 있었다. 그래서 그는 쇠약하고 힘없는 주인을 그냥 불쌍히 여겼다. 한번은 이반 일리치가 그더러 가라고 할 때 직선적으로 말한 적도 있었다.

"우리 모두 언젠가는 죽습니다. 그러니 수고 좀 못 할 이유도 없지요?"

이런 그의 말에는 자기가 하는 일이 죽어가는 사람을 위한 것이기 때문에 번거롭지 않고, 언젠가 자기 차례가 되면 누군가 자기를 위해서도 그렇게 해주기를 바란다는 소망이 담겨 있었다.

거짓말 이외에, 아니면 거짓말의 결과로 인해 이반 일리치가 가장 심한 고통을 느꼈던 것은 자신이 바라는 것처럼 자기를 동정하는 사람이 하나도 없다는 점이었다. 오랜 기간 고통에 시달린 후 어느 순간 이반 일리치는 고백하는 게 지독히 창피했지만 누군가 자기를 병든 어린애처럼 불쌍히 생각해주었으면 하고 간절히 바랐다. 그는 누군가 살살 어린애를 달래듯 자기를 어루만져주고 입을 맞추고 자기를 위해 눈물을 흘려주길 원했다. 그는 자신이 요직에 있고 수염이 하얗게 세는 나이이기 때문에 그런 게 불가능하다는 것을 알고 있었다. 그래도 그런 대접을 받고 싶었다. 그런데 게라심과의 관계에서는 뭔가 그에 가까운 게 있었다. 그래서 그는 게라심과의 관계에서 위안을 얻었다. 이반 일리치는 울고 싶었다. 사람들이 자신을 어루만져주고 자신을 위해 눈물을 흘려주었으면 하고 바랐다. 그러나 직장동료인 세벡 판사가 찾아오자 눈물과 토닥거림에 대한 소망을 감추고 대신 진지하고 엄숙하며 깊이 사색하는 표정을 지었다. 이어서 타성에 따라 대법원의 판결이 가지는 의미에 대하여 자신의 의견을 말하고 확고한 입장을 취했다. 그러나 무엇보다도 바로 그러한 그 자신과 그 주위의 거짓이 그의 생애의 마지막 날들을 망쳤다.

8

아침이었다. 아침이었던 건 게라심이 가고 집사 표트르가 와서 촛불을 끄고 한쪽 커튼을 걷은 후 조용조용 방을 청소하기 시작했기 때문이다. 아침인지 저녁인지, 아니면 금요일인시 일요일인지는 아무런 의미가 없었다. 달라진 건 아무것도 없었다. 잠시도 멈추지 않고 쑤셔대는 견디기 힘든 통증, 아직 완전히 가지는 않았지만 속절없이 쉬지 않고 멀어져가는 삶에 대한 인식도 그대로였다. 끊임없이 다가오는 무섭고 얄미운 죽음만이 유일한 진실이었고 나머지는 죄다 거짓이었다. 그런 마당에 요일이며 주일, 시간이 무슨 의미가 있겠는가?

"차 대령할까요?"

'저 녀석에겐 규칙이 필요한 거야. 주인 가족이 아침마다 차를 마시도록 말이야.'

그는 이렇게 생각하며 짤막하게 대꾸했다.

"아니."

"소파로 옮기지 않으시렵니까?"

'저 녀석은 방구석을 치우고 싶은 거야. 근데 내가 방해가 되지. 더럽고 지저분하니까.'

그는 이렇게 생각하며 다시 짤막히 대꾸했다.

"아니. 내버려둬."

집사는 다시 부산을 떨었다. 이반 일리치는 그를 향해 한쪽 손을 뻗었다. 그러자 그가 도와주러 다가왔다.

"예, 나리?"

"시계."

표트르는 팔 닿는 거리에 놓여 있던 시계를 집어 들어 주인에게 건넸다.

"여덟시 반. 다른 사람들은 안 일어났나?"

"예, 나리. 바실리 이바노비치(그의 아들이었다)는 김나지움에 가셨고요, 프라스코비야 표도로브나는 나리가 물으시거든 깨우라고 분부하셨습니다. 깨울까요?"

"아니, 됐다."

'차나 한 잔 마셔볼까?' 하고 그는 생각했다.

"그래, 차 좀…… 갖다다오."

표트르는 문 쪽으로 갔다. 이반 일리치는 홀로 남는 게 무서웠다.

'뭘로 재를 붙들지? 그래, 약이 있지.'

"표트르, 약 좀 다오."

그는 물약을 숟가락에 따라 삼켰다.

'아냐, 도움이 안 돼. 다 부질없는 짓이야. 사기야.'

예의 느끼하고 가망 없는 맛이 입안에 느껴지자마자 그는 이렇게 단정했다.

'아냐, 이젠 못 믿겠어. 근데 통증은 왜 멈추질 않는 거야. 단 일 분만이라도 좋으니 좀 멈추었으면.'

그는 신음을 토하기 시작했다. 표트르가 돌아왔다.

"괜찮다, 가서 차나 가져와."

표트르가 다시 자리를 떴다. 이반 일리치는 홀로 남아 연신 신음했다. 그건 끔찍한 통증 때문이 아니라 심적 고통 때문이었다.

'항상 그래. 밤이나 낮이나 도무지 잠이 안 오니. 차라리 좀 빠르면 좋으련만. 뭐가 빨라? 죽음, 어둠 말이야. 아냐. 안 돼. 그래도 뭐가 됐든 죽음보단 나아!'

표트르가 쟁반에 차를 받쳐 들고 방에 들어올 때 이반 일리치는 누가 들어왔는지 전혀 이해하지 못하고 멍한 눈으로 그를 물끄러미 바라보았다. 표트르는 그러한 눈길에 적잖이 당황했다. 표트르가 당황하는 걸 보고서야 이반 일리치는 제정신이 들었다.
"그렇지."
그가 말했다.
"차……. 그래, 내려놔. 세수하는 걸 좀 도와다오. 깨끗한 루바슈카도 하나 갖다주고."

이반 일리치는 세수하기 시작했다. 그는 사이사이 쉬어가며 손, 얼굴을 씻고 양치질을 한 뒤 머리를 빗으며 거울을 들여다보았다. 무서웠다. 특히 창백한 이마에 머리칼이 찰싹 달라붙어 있는 모습은 섬뜩했다.

루바슈카를 갈아입힐 때 그는 자신의 몸을 보면 더 비참한 기분이 들 거라는 걸 알고 외면했다. 마침내 몸단장이 끝났다. 그는 실내용 가운을 입고 담요를 두른 뒤 차를 마시기 위해 안락의자에 앉았다. 상쾌한 기분이었다. 그러나 그것도 잠깐, 차를 한 모금 마시자마자 예의 불쾌한 입맛, 통증이 다시 느껴졌다. 그는 억지로 차를 다 마신 후 다리를 뻗고 자리에 누웠다. 그러고는 표트르를 내보냈다.

매번 그 모양이었다. 어쩌다 눈곱만큼 희망이 비치다가도 이내 성난 절망의 바다에 삼켜져버렸고 통증과 고통은 변함없이 제자리를 지켰다. 홀로 남으면 누군가 부르고 싶은 마음이 굴뚝같았다. 그러나 다른 사람들이 오면 상황이 더 악화된다는 걸 알고 있었다. '다시 모르핀 주사 좀 놓아주면 좋겠는데. 정신이라도 잃게 말이야. 의사에게 뭔가 다른 방법을 찾아보라고 얘기해야겠어. 이렇게는 안 돼, 더 이상 이렇게는 안 돼.'

그렇게 한 시간, 두 시간이 지나갔다. 갑자기 옆방에서 벨이 울렸다. 의사일지도 모르겠다는 그의 예측은 정확했다. 시원시원하고 빠릿빠릿하며 기분이 좋아 보이는 뚱뚱한 의사가 온 것이었다. 의사는 '다들 놀라셨지. 이제 걱정들 마셔. 우리가 다 처리해 드릴게'라고 말하는 듯한 표정을 짓고 있었다. 의사는 그러한 표정이 여기에는 별 쓸모가 없다는 것을 알고 있었다. 그러나 한번 몸에 밴 표정은 영원히 그를 따라다녔고 떨쳐낼 수 없었다. 그건 프록코트를 입고 아침부터 여기저기 사람들을 방문하는 사람의 경우와 다를 바 없었다.

의사는 기운을 북돋우려는 듯 세차게 손을 문질렀다.

"몸이 얼었어요. 매서운 추위예요. 몸 좀 녹이겠습니다."

그는 이렇게 말하며 자기가 몸을 녹일 때까지 좀 기다려주면 몸이 풀리는 대로 다 처리하겠다는 듯한 표정을 지었다.

"그래 좀 어떠십니까?"

이반 일리치는 의사가 '어떠슈?'라고 묻고 싶지만 차마 그렇게는 못 하고 '간밤에 별일은 없었습니까?'라고 묻는 거라는 생각이 들었다.

　이반 일리치는 '거짓말하는 게 창피하지도 않아?'라고 묻는 듯한 얼굴로 의사를 쳐다보았다. 그러나 의사는 그의 물음을 이해하려 들지 않았다.

　그래서 이반 일리치는 말했다.

　"죽을 지경입니다. 통증이 가시질 않아요. 약해지지도 않고요. 제발 어떻게 좀!"

　"저런, 저런, 환자들은 항상 다 저렇다니까. 자, 자, 이제 몸이 좀 녹은 것 같군요. 정확하기로 소문난 프라스코비야 표도로브나도 내 체온이 떨어진 데 대해서는 물음표를 달지 못할 겁니다. 자, 안녕하십니까."

　의사는 이렇게 말하며 환자의 손을 쥐었다.

　이어서 의사는 장난기 섞인 표정을 거두고 엄숙한 얼굴로 환자를 검진하기 시작했다. 맥박, 체온을 쟀고 귀를 쫑긋 세운 채 몸 여기저기를 툭툭 쳤다.

　이반 일리치는 이 모든 게 말도 안 되는 짓거리이고 사기임을 믿어 의심치 않았다. 그러나 의사가 무릎을 굽히고 그의 몸에 귀를 가까이 댔다 멀리 댔다 하면서 아주 진지한 얼굴로 다양하고 세련된 여러 체조 동작들을 연상시키는 행동을 선보이자 이반 일리치는 그만 넘어가고 말았다. 그건 그가 예전에 변호사들이 하는 말은 다 거짓말이고 이들이 왜 거짓말을 하는지 너무나 잘 알면서도 그들의 말에 넘어가던 것과 다를 게 없었다.

의사는 소파에서 무릎을 굽힌 채 여전히 그의 몸을 툭툭 치고 있었다. 그때 문에서 프라스코비야 표도로브나의 비단 옷자락이 스치는 소리와 함께 자기에게 의사가 도착했다는 보고를 하지 않았다는 이유로 표트르를 나무라는 소리가 들려왔다.

그녀는 방에 들어와서 남편에게 키스를 하고 곧바로 자기가 오래전에 일어났으나 의사의 도착 소식을 알지 못하여 오지 못했음을 증명하기 시작했다.

이반 일리치는 그녀를 찬찬히 뜯어보기 시작했다. 그는 그녀의 뽀얗고 깨끗하며 포동포동한 손과 목, 윤이 나는 머리칼 그리고 생기가 가득한 두 눈을 바라보며 그녀를 원망했다. 그는 그녀를 마음속 깊이 미워했다. 그녀의 몸이 닿을 때마다 그는 그녀에 대한 증오가 솟구쳐 올라 몹시 힘들었다.

한편 그와 그의 병을 대하는 그녀의 태도에는 변화가 없었다. 의사가 환자들을 대하는 태도가 한번 굳어지면 달리 어떻게 할 수 없듯이 그녀 또한 그를 대하는 태도가 한번 굳어지자—그건 그가 지시사항을 이행하지 않는 건 전적으로 그의 책임이고 그런 그를 자기는 사랑으로 나무란다는 것이었다—더 이상 털어내지 못했다. "아, 글쎄 도무지 말을 안 듣는다니까요! 약 먹는 시간도 안 지켜요. 가장 큰 문제는 자신에게 해로울 게 뻔한 저런 자세로 눕는다는 거예요. 발을 높이고요."

그녀는 그가 게라심에게 자신의 다리를 붙잡고 있으라고 한 사실을 얘기했다.

의사는 부드러우면서도 비웃는 듯한 미소를 지어 보였다. '어떡하겠소. 환자들이 어쩌다 생각해낸다는 게 이런 멍청한 짓인걸. 하지만 용서해줄 수 있지.'

진찰이 끝나자 의사는 시계를 들여다보았다. 이때 프라스코비야 표도로브나는 이반 일리치에게 그가 원하든 원하지 않든 오늘 고명한 의사 선생님을 오시라 했고, 오시면 미하일 다닐로비치(지금 와 있는 평범한 의사의 이름이었다) 선생님과 공동으로 진찰하고 의논할 것이라고 통보했다.

"그러니 아무 말 말아요. 다 나 좋으라고 하는 일이에요."

그녀는 이 모든 게 그를 위해 하는 일이므로 그에게는 거부할 권리가 없다고 느끼도록 비꼬는 투로 말했다. 그는 입을 다물고 얼굴을 찌푸렸다. 그는 자신을 에워싼 거짓이 단단히 엉켜 있어 가닥을 잡기가 어렵다는 것을 느꼈다.

그녀는 오로지 자기 자신만을 위해 모든 걸 하고 있었다. 그러면서도 자기 자신을 위하는 일이라고 공언함으로써 오히려 모든 것을 그의 입장에서 생각하는 것처럼, 믿을 수 없을 정도로 그를 위하는 것처럼 말하는 것이었다.

아닌 게 아니라 열한시 반이 되자 고명한 의사가 도착했다. 다시 몸을 두드리며 소리를 듣는 진찰이 시작되었고 그가 배석한 자리 또는 옆방에서 신장, 맹장에 관한 중요한 대화가 이루어졌다. 그런가 하면 진지한 표정으로 질의응답도 이루어졌다. 그 결과 환자가 직면한 유일하게 시급한 문제, 즉 죽느냐 사느냐 대신 예상과 달리 제멋대로 작동하는 신장과 맹장이 주요 문제로 부각되었다. 미하일 다닐로비치와 고명한 의사는 이 문제에 달려들어 신장과 맹장이 제대로 작동되도록 할 요량이었다.

고명한 의사는 심각하면서도 그렇게 절망적이지는 않다는 표정을 지으며 작별인사를 했다. 그리고 이반 일리치가 두려움과 희망이 교차하는 눈길로 바라보며 과연 나을 가망이 있는지 묻자 그는 보장은 못 하지만 가망은 있노라고 대답했다. 그러자 시선으로 의사를 배웅하던 이반 일리치의 눈에는 희망이 서리는 한편 애처로움이 담뿍 묻어났다. 이걸 보고 프라스코비야 표도로브나는 의사에게 사례비를 건네기 위해 서재에서 나오다 그만 울음을 터뜨리고 말았다.

의사의 희망을 심어주는 말에 힘입어 생겨난 날아갈 듯한 기분은 오래 지속되지 못했다. 달라진 게 전혀 없는 방, 그림들, 커튼, 벽지, 작은 유리병들 그리고 자신의 병마에 시달리는 육신이 다시 의식되었다. 그러자 이반 일리치는 또다시 신음을 토하기 시작했다. 그는 주사를 맞고 나서 의식을 잃었다.

그가 정신을 차렸을 때 날은 저물어가고 있었다. 음식을 날라오자 그는 고깃국을 억지로 조금 먹었다. 그러자 다시 같은 게 반복되었다. 그리고 다시 밤이 다가오고 있었다.

식사가 끝난 저녁 일곱시에 그의 방으로 프라스코비야 표도로브나가 들어왔다. 그녀는 저녁 파티에 가려는 듯 풍만한 가슴을 한껏 위로 모았고 얼굴에는 분 자국이 보였다. 이미 아침에 그에게 극장에 가자고 얘기해놓은 터였다. 사라 베르나르[10]가 와서 공연을 하고 있었고 그의 고집에 따라 특별석이 확보되어 있었다. 그는 이 사실을 까마득하게 잊고 아내의 옷차림을 못마땅해했다. 그러다 공연이 애들에게 교육적인 것은 물론 미적인 즐거움도 줄 것이므로 특별석을 확보해서 가야 한다고 고집을 부린 사람이 자기라는 게 생각나자 그는 이내 불편한 심경을 감추었다.

프라스코비야 표도로브나는 흡족한 표정으로 들어섰지만 약간은 죄지은 기분이었다. 그녀는 잠깐 앉아 그의 건강에 대해 물었지만 그건 단순히 묻기 위해 물은 것이지 뭘 알려고 물은 것은 아님을 그는 알고 있었다. 사실 알 것도 없었다. 그래서 그녀는 진작부터 하고 싶었던 말을 꺼냈다. 사실 그녀는 가고 싶은 생각이

---

[10] 사라 베르나르(1844~1923). 프랑스 연극배우로 1880년대에 러시아에서 여러 차례 공연을 했음.

눈곱만큼도 없지만 특별석을 주문해놓은 상태고 엘렌과 딸 그리고 페트리시체프(예심판사로 딸의 예비신랑이었다)가 가는데 이들만 가게 내버려둘 수는 없으므로 어쩔 수 없다는 것이었다. 그녀는 물론 그와 함께 있는 게 자기는 더 좋다는 말도 빼놓지 않았다. 그녀는 그에게 자기가 없는 동안 의사의 지시대로 행동해줄 것을 당부했다.

"저, 표도르 페트로비치(예비사위)가 당신을 보고 싶어 해요. 들어오라고 할까요? 리자도 그렇고요."

"들여보내."

젊은 몸매를 드러내는 옷차림으로 딸이 들어왔다. 같은 육신이건만 자신의 육신은 괴로움만 안겨주었다. 그러나 딸은 달랐다. 딸은 자신의 몸매를 뽐내고 있었다. 힘차고 건강하며 사랑에 빠진 모습이었다. 그러나 딸은 자신의 행복을 저해하는 아버지의 질병과 고통 그리고 죽음에 대해서는 화가 나 있었다.

표도르 페트로비치가 들어왔다. 야회복을 입고 카풀식[11]으로 머리를 다듬은 모습이었다. 길고 강인한 목은 뻣뻣한 하얀 와이셔츠 칼라가 감싸고 있었고 우람한 가슴은 하얀 와이셔츠가 덮고 있었으며 탄탄한 허벅지는 통이 좁은 검정 바지가 터질 듯 품고

---

11 멋쟁이로 이름난 프랑스 가수 J. A. V. 카풀의 헤어스타일로 한가운데 가르마를 타고 두 가닥의 곱슬머리를 이마로 늘어뜨렸음.

있었다. 그는 흰 장갑 중 한 짝을 이미 끼고 있었고 접을 수 있게 된 실크해트를 들고 있었다.

그의 뒤를 따라 김나지움 학생이 소리 없이 들어왔다. 가엾은 아이는 새 교복을 입고 장갑을 끼고 있었다. 아이의 눈 아래는 시퍼랬는데 그 의미를 이반 일리치는 알고 있었다.

그는 항상 아들이 마음에 걸렸다. 아들의 겁먹고 안쓰러워하는 시선을 바라보는 것은 고역이었다. 이반 일리치의 생각에 게라심을 빼고는 아들 바샤[12]만이 유일하게 자기를 이해하고 동정하는 것 같았다.

모두 자리를 잡고 앉아 그의 건강 상태에 관해 물었고 이어 침묵이 찾아왔다. 그러자 리자가 어머니에게 오페라 관람용 쌍안경의 소재에 대해 물었다. 모녀간에 말다툼이 벌어졌고 별로 아름답지 않은 장면들이 연출되었다.

표도르 페트로비치는 이반 일리치에게 사라 베르나르를 본 적이 있느냐고 물었다. 처음에 이반 일리치는 자기에게 질문한 줄 모르고 있다가 뒤늦게 대꾸했다.

"아니. 자네는 보았는가?"

"예. 〈아드리엔느 르쿠브뢰〉[12]에서 봤습니다."

---

11 바실리의 애칭.
12 프랑스 극작가 오귀스탕 스크립과 가브리엘 르굽의 희곡작품으로 사라 베르나르가 아드리엔느 역을 연기했음.

프라스코비야 표도로브나는 사라 베르나르가 그 작품에서 좋은 연기를 했다고 거들었다. 딸의 평가는 달랐다. 그러자 이들은 여배우의 연기가 얼마나 우아한지 또 얼마나 리얼한지에 관해 얘기하기 시작했다. 항상 그렇듯이 벌써 수없이 우려먹은 얘기였다.

얘기 도중 표도르 페트로비치가 이반 일리치를 힐끗 보더니 입을 다물었다. 그러자 다른 사람들도 그를 보고 입을 다물었다. 이반 일리치는 번들거리는 눈으로 정면을 응시하고 있었다. 방 안의 사람들이 거슬리는 모양이었다. 사태를 수습해야 했다. 그러나 방법이 없었다. 어떻게든 침묵을 깨야만 했다. 그러나 아무도 엄두를 내지 못했다. 모두 법도에 따라 연출해온 사기극이 갑자기 깨지고 진실이 드러나는 게 무서워졌다. 마침내 리자가 용기를 내 정적을 깼다. 그녀는 모두가 느끼고 있던 것을 숨기려고 했으나 그만 덜컥 입 밖에 내고 말았다.

"만일 갈 생각이 있으면 지금 출발해야 해요."

그녀는 아버지가 준 선물인 시계를 보며 말했다. 그런 후 젊은 친구에게 자기들만 아는 엷은 미소를 지어 보였다. 이어서 옷자락 스치는 소리를 내며 자리에서 일어났다.

이어서 다른 사람들도 자리에서 일어나 작별을 고하고 자리를 떴다.

그들이 나가자 이반 일리치는 그제야 좀 살 것 같은 느낌이 들었다. 그들과 함께 거짓이 사라졌던 것이다. 그러나 통증은 남아 있었다. 변함없는 통증, 달라지지 않는 공포는 그에게 그 어느 것도 이보다는 힘들지도 쉽지도 않다는 확신을 심어주었다. 사태는 악화되고 있었다.

다시 일 분에 이어 또 다른 일 분, 한 시간에 이어 또 다른 한 시간이 지나갔다. 그래도 달라지는 게 없었다. 도무지 끝이 보이지 않았다. 피할 수 없는 파국은 두려움을 더해갔다.

"그래, 게라심을 보내줘."

이반 일리치는 표트르의 물음에 대답했다.

9

아내는 밤늦게 돌아왔다. 그녀는 살금살금 들어왔으나 그는 발소리를 듣고 있었다. 그는 눈을 떴다가 황급히 도로 감았다. 그녀는 게라심을 보내고 그의 곁에 있고 싶어 했다. 그러자 그는 눈을 뜨고 입을 열었다.

"안 돼. 가."

"힘드시잖아요?"

"상관없어."

"아편 좀 드세요."

그는 동의하고 아편을 마셨다. 그녀가 자리를 떴다.

세시가 될 때까지 고통스러운 비몽사몽의 상태가 이어졌다. 그는 누군가 자신을 통증과 더불어 폭이 좁고 깊이를 알 수 없는 검은 자루에 처넣지만 자기는 도저히 들어가지 않는다는 생각이 들었다. 그 작업은 그에게 엄청난 고통을 안겨주며 지속되었다. 그는 한편으로는 두려워하면서도 다른 한편으로는 차라리 그 나락에 떨어지고 싶었다. 또 한편으로는 자신을 밀어 넣는 작업에 저항을 했고 다른 한편으로는 오히려 그 작업에 협조했다. 그러다 갑자기 굴러떨어져 쓰러졌고 그 순간 정신이 들었다. 게라심이 변함없이 그의 발치에 앉아 조용히 그리고 참을성 있는 모습으로 졸고 있었다. 그는 이반 일리치의 양말을 신은 마른 두 발을 어깨에 걸친 채 침대에 기대고 있었다. 초와 촛대의 갓은 그대로였고 통증 또한 여전했다.

"게라심, 가거라."

그가 속삭였다.

"괜찮습니다. 좀 앉아 있겠습니다요."

"아냐, 가거라."

그는 발을 내리고 한 팔에 의지하며 옆으로 돌아누웠다. 그는 자신이 불쌍하게 여겨졌다. 그는 게라심이 옆방으로 가자마자 자제력을 잃고 어린아이처럼 엉엉 울기 시작했다. 그는 의지할 데 없는 자신의 처지, 절대 고독, 사람들의 냉혹함, 신의 냉혹함, 신의 부재가 서러워 울었다.

'왜 내게 이런 짓을 했나이까? 왜 날 이리 데려왔나이까? 무엇 때문에, 도대체 무엇 때문에 내게 견딜 수 없는 이런 시련을 주시나이까?'

그는 대답을 기다리지 않고 눈물을 흘렸다. 그건 그런 물음에 대한 답이 없을뿐더러 있을 수도 없기 때문이었다. 다시 통증이 솟구쳐 올라왔다. 그러나 그는 흔들리지도 사람을 부르지도 않았다. 그는 혼잣말을 했다. "그래, 쳐라 쳐! 근데 이유가 뭐야? 내가 무슨 잘못을 했느냐고. 도대체 왜 이러는 거야?"

그런 후 그는 입을 다물고 울음을 그쳤다. 숨도 멈추고 정신을 집중시켰다. 그는 소리를 통해 전달되는 목소리가 아니라 영혼의 목소리, 그의 내면에서 솟아나는 상념의 진행 방향에 귀를 기울이는 것 같았다.

"필요한 게 도대체 뭐야?"

그가 들은, 말로 표현될 수 있는 분명한 첫 번째 개념이었다.

"필요한 게 뭐야? 필요한 게 도대체 뭐야?"

그는 되뇌었다.

"도대체 뭐냐고? 시달리지 않는 것. 사는 것."

그는 스스로 답했다.

그는 다시 긴장의 끈을 조이고 정신을 집중시켰다. 이 순간은 통증도 그를 방해하지 못했다.

"산다고? 어떻게 사는 건데?"

영혼의 목소리가 물었다.

"예전처럼 편하게 잘사는 거."

"예전처럼 편하게 잘사는 거라고?"

목소리가 물었다.

그는 머릿속에서 편했던 자신의 삶 중 최고의 순간들을 더듬기 시작했다. 그런데 이상하게도 떠오르는 예전의 최고의 순간들은 그 당시와는 전혀 다른 것 같았다. 아주 어렸을 때의 추억만 빼고는 다 그랬다. 어린 시절로 다시 돌아간다면 가져오고 싶은 정말 편안한 뭔가가 그때는 있었다. 그렇지만 그 편안함을 경험한 사람은 더 이상 존재하지 않았다. 그건 마치 전혀 다른 사람을 회상하는 것과 비슷했다.

최종 결과가 지금의 자기 자신인 회상이 시작되자마자 당시 기쁨이라고 여겼던 모든 것들은 이제 그의 눈앞에서 녹아내려 부질없는 것으로, 그리고 왕왕 추한 것으로 변했다.

그리고 어린 시절에서 멀어지면 멀어질수록, 현재에 가까워지면 가까워질수록 기쁨들은 더욱 부질없고 의혹투성이의 것으로 바뀌었다. 그 출발점은 법학교였다. 거기엔 뭔가 정말 좋은 게 있었다. 즐거움, 우정, 희망이 있었다. 그러다 상류층에 진입하자 그런 좋은 순간들은 점점 줄어들었다. 그러다 현 지사 아래에서 직무를 수행하면서 다시 좋은 순간들이 찾아왔다. 그건 한 여성에 대한 사랑을 회상하는 순간들이었다. 그러다 이 모든 게 뒤섞이기 시작했고 좋은 것은 점차 줄어만 갔다. 그리고 이로부터 멀어질수록 좋은 것은 자꾸만 줄어들어갔다.

결혼……. 뜻하지 않게 찾아왔었고 이어진 실망, 그리고 아내의 입 냄새, 애욕, 위선! 그리고 이 생명이 없는 직무, 그리고 돈 걱정, 그렇게 보낸 일 년, 이 년 그리고 십 년, 이십 년, 항상 똑같았던 삶. 계속되면 될수록 생명이라곤 찾아볼 수 없는 삶. 산에 오른다고 상상했었지. 그런데 사실은 일정한 속도로 산을 내려오고 있었어. 그래, 그랬던 거야. 사회적인 관점에서 볼 때 나는 산에 오르고 있었어. 근데 사실은 정확히 그만큼 내 발아래에서 삶은 멀어져가고 있었던 거야……. 그래, 다 끝났어. 그러니 죽어!

그래, 이게 뭐야? 왜? 이럴 수는 없어. 인생이라는 게 그렇게 덧없고 추하다는 게 말이나 돼? 그래, 인생이 설사 그렇게 무의미하고 추하다고 치자. 그럼 왜 고통을 받으면서 죽어가야 해? 뭔가 문제가 있어.

'혹시 내가 살아온 삶이 바르지 않았던 게 아닐까?'

이런 생각이 불현듯 뇌리를 스쳐갔다.

'난 제대로 했는데 어떻게 바르지 않을 수가 있어?'

그는 이렇게 자신에게 말하며 삶과 죽음에 얽힌 수수께끼의 유일한 답을 절대 불가능한 것으로 치부하며 떨쳐버렸다.

"도대체 지금 원하는 게 뭐야? 사는 것? 어떻게 살아? 교도관이 '재판관이 오십니다!' 라고 말하면서 시작되는 그런 법정의 삶과 같은 삶을 살아?"

'재판관이 오십니다, 재판관이 오십니다' 라고 그는 속으로 반복했다. '그래, 그가 재판관이야. 하지만 난 죄가 없어!' 라고 그는 성난 목소리로 외쳤다.

"도대체 이유가 뭐야?"

그는 울음을 그치고 얼굴을 벽 쪽으로 돌린 후 한 가지만을 골똘히 생각하기 시작했다. 그건 '왜, 왜 이렇게 험한 꼴을 봐야 하는 거야?' 였다.

그러나 아무리 생각을 거듭해보아도 답은 찾아지지 않았다. 그러다 자주 그렇듯이 이 모든 게 그가 바른 삶을 살지 않았기 때문에 일어나는 것이라는 생각이 들자 그는 자신이 기억하기로는 바르게 살아왔다고 믿고 그 생각을 즉시 떨쳐버렸다.

10

　두 주일이 더 지나갔다. 이반 일리치는 이제 더 이상 소파에서 몸을 일으키지 않았다. 그는 침대에 누워 있으려 하지 않았다. 그래서 소파에 누워 지냈다. 그는 얼굴을 벽 쪽으로 돌린 채 소파에 누워 약해지지 않는 고통에 홀로 시달리고 풀리지 않는 문제에 홀로 매달렸다. 이게 뭐야? 정말 죽는다는 말인가? 그러면 내면의 목소리가 '그래, 정말이야'라고 대답해주었다. 근데 왜 이렇게 힘들어? 다시 목소리가 대답해주었다. '그냥. 다른 이유는 없어.' 그 이상의 답변은 없었다.
　와병 초기, 즉 이반 일리치가 처음으로 의사를 찾았을 때부터 그의 인생은 서로 교대하는 두 종류의 상반되는 마음 상태로 나

뉘었다. 절망과 이해할 수 없는 무서운 죽음을 기다려야 함이 한 축을 이루었고, 희망과 자신의 신체 활동에 대한 조심스러운 관찰이 다른 축을 이루었다. 그런가 하면 잠시 본연의 임무 수행을 거부한 신장과 맹장의 모습이 눈앞에 나타났고, 아무도 벗어날 수 없는 이해할 수 없는 무서운 죽음이 보이기도 했다.

 이러한 두 종류의 마음 상태는 애당초 아프기 시작했을 때부터 교대로 나타났다. 그러나 병이 깊어지면 깊어질수록 신장 상태에 대한 나름의 판단은 혼란스럽고 종잡을 수 없었다. 또한 다가오는 죽음은 점차 현실로 인식되었다.

 석 달 전의 자기 모습을 떠올려 지금 모습과 비교하는 것은 의미 있는 일이었다. 희망의 가능성이 하나하나 파괴되는 가운데 일정한 속도로 산을 내려오던 모습을 떠올릴 필요가 있었다.

 등받이 쪽으로 얼굴을 돌린 채 소파에 누워 보낸 최근의 고독했던 시간들, 수많은 사람들이 모여 사는 도시와 아는 사람, 가족들 가운데서 느꼈던 고독, 깊은 바닷속 바닥은 물론 땅속 깊은 곳에서도 찾을 수 없는 절대 고독, 이렇게 처절한 고독을 이반 일리치는 최근에 오로지 과거에 대한 상념들에 의지하며 이겨냈다. 옛 추억들이 꼬리를 물고 모습을 드러냈다. 기억은 항상 시간적으로 최근에 가장 가까운 데서 시작하여 아주 먼, 가장 먼 곳, 즉 어린 시절에 이르러 그곳에 멈추곤 했다. 최근에 먹으라고 건네준 쪄서 익힌 자두가 생각나면 어렸을 때 먹어본 즙이 많고 겉이 쭈글쭈글했던 프랑스산 자두, 그 특이한 맛, 씨에 이르면 이미 입안에 가득 찼던 침이 떠올랐고 이와 더불어 그 시절과 관계 있는 일련의 추억들, 유모, 형, 장난감들이 줄지어 눈앞에 나타났다. "이런 생각은 그만해야 해……. 너무 힘들어"라고 이반 일리치는 혼잣말을 하며 다시 현실로 돌아왔다. 소파 등받이의 단추, 모로코 가죽에 생긴 주름이 그를 기다리고 있었다. '모로코 가죽은 비싸지만 약해. 이것 때문에 한 번 난리가 난 적이 있었어. 그래 한 번 더 있었어. 아버지의 서류 가방을 찢어가지고 우리 모두 되게 혼났지. 그때 어머니가 만두를 가지고 오셨어.' 그러자 생각은 다시 어린 시절에 멈추었고 이반 일리치는 또다시 가슴이 아파오는 것을 느꼈다. 그는 어린 시절에 대한 추억을 떨치고 다른 생각을 해보려고 애썼다.

  이런 종류의 회상과 더불어 그의 마음속에는 다른 종류의 회상이 진행되고 있었는데 그건 자신의 병이 어떻게 커졌고 심해졌는가에 관한 것이었다. 여기서도 마찬가지였다. 과거로 거슬러 올라갈수록 삶은 보다 삶다웠다. 선한 것도 더 많았고 삶 자체도 정말 사는 것 같았다. 이런 것, 저런 것이 뒤섞였다. '고통이 커지면 커질수록 인생 또한 악화일로를 걷는 거야'라고 그는 생각했다. 거슬러 올라가면 생의 출발점에 밝은 점이 하나 있었다. 그러던

게 점차 빛을 잃어 어두워졌는데 그 속도가 빨라졌던 것이다. '죽음으로부터 정사각형을 그리며 그 반대편에서 거리를 좁혀온 거야'라고 이반 일리치는 생각했다. 그러자 점차 빠른 속도로 떨어지던 이 돌 모양의 것은 그의 영혼 깊은 곳에 떨어지고 말았다. 삶은 강도를 더해가는 일련의 고통들과 더불어 처절하기 이를 데 없는 고통인 종국을 향해 점점 빠른 속도로 떨어지고 있었다. '떨어지고 있다······.' 그는 몸을 떨고 뒤척이며 저항을 시도했다. 그러나 그는 저항하는 건 불가능하다는 사실을 알고 있었다. 뚫어지게 바라보느라 눈이 피로해졌다. 그러나 그렇다고 해서 시야에 들어오는 것을 달리 안 볼 수도 없어 소파의 등받이를 응시하며 기다렸다. 그는 무섭게 추락하여 부딪치고 산산이 부서지는 순간을 기다렸다. "저항은 불가능해"라고 그는 자신에게 말했다. "하지만 적어도 왜 이러는지 이유라도 알 수는 없는 걸까? 이마저도 안 된다고? 설명은 되겠지. 만약 내가 그렇게 살아서는 안 되는 인생을 살았다고 말한다면 말이야. 하지만 그걸 인정할 수는 없잖아"라고 자신에게 말했다. 그러면서 그는 자신의 삶이 법도에 따라 바르게 그리고 점잖게 살아온 인생이었다고 생각했다. "그건 용인하지 못해." 그는 자신에게 말했다. 그러면서 혹시 누군가 보며 이상하게 생각할세라 입술을 움직여 쓴웃음을 지었다. "그래 설명은 없어! 고통, 죽음······. 도대체 이유가 뭐야?"

11

그렇게 두 주일이 지나갔다. 그동안 이반 일리치 부부가 바라던 일이 일어났다. 페트리시체프가 정식으로 청혼했던 것이다. 어느 저녁에 일어난 일이었다. 다음 날 프라스코비야 표도로브나는 남편에게 표도르 페트로비치의 청혼 사실을 어떻게 알려야 좋을지 고심하면서 방에 들어섰다. 그런데 그날 밤 병세가 악화되는 새로운 징조가 이반 일리치에게 나타났다. 프라스코비야 표도로브나는 소파에 누워 있는 남편을 발견했다. 소파 자체는 달라진 게 없었다. 그러나 남편의 자세에는 변화가 있었다. 남편은 똑바로 누워 천장을 바라보며 신음을 토하고 있었다.

그녀는 약에 대해 얘기하기 시작했다. 그는 그녀에게 시선을 돌렸다. 그녀는 하던 말을 마저 다하지 못했다. 그의 시선에서 자기를 겨냥한 분노를 읽을 수 있었기 때문이다.

"제발 날 좀 조용히 죽게 내버려둬."

그가 말했다.

그녀는 자리를 뜨려 했다. 그 순간 딸이 들어와 인사하러 그에게 다가왔다. 그는 아내를 바라보던 것과 똑같이 딸을 바라보았고 건강에 대한 질문에도 이제 곧 모두 자신으로부터 해방시켜주겠다고 무뚝뚝하게 답했다. 두 사람은 말없이 좀 앉아 있다가 방을 나왔다.

"우리가 뭘 잘못했다고 저러세요?"

리자가 어머니에게 물었다.

"마치 이게 우리가 저지른 짓이라도 되는 것처럼 그러세요! 아빠가 불쌍해요. 하지만 왜 아빤 우리를 괴롭혀요?"

평소와 다름없는 시간에 의사가 왔다. 이반 일리치는 그에게서 성난 시선을 거두지 않은 채 물음에 '예, 아니요'라고만 대답했다. 그러다 끝에 가서는 "사실 내게 해줄 수 있는 게 아무것도 없다는 건 당신도 아시잖습니까. 그러니 이제 그만하시오"라고 말했다.

"고통을 덜어드릴 순 있습니다."

의사가 말을 받았다.

"그것도 여의치 않잖습니까. 관두시오."

의사는 방을 나가 응접실로 갔다. 그는 프라스코비야 표도로브나에게 환자의 상태가 아주 안 좋아서 고통이 매우 심한 것 같고, 그걸 완화시키려면 아편을 쓸 수밖에 없다고 말했다.

의사는 환자의 육체적 고통이 극심한 건 사실이지만 그보다 더 심각한 건 정신적 고통으로, 이게 환자가 힘들어하는 주원인이라고 덧붙였다.

이반 일리치의 정신적인 고통은 이날 밤 그가 광대뼈가 튀어나오고 잠이 가득한, 선한 게라심의 얼굴을 보다가 불현듯 만일 정말 그의 인생 전부가 '그게 아닌' 인생이었다면 어떡하나 하는 생각이 들 때 생겨났다.

이어서 예전에 도저히 말도 안 된다고 생각한 것, 즉 자기가 그렇게 살아서는 안 되는 인생을 살았다는 것이 사실일 수도 있다는 생각이 머리를 스치고 지나갔다. 그리고 어쩌면 윗사람들이 좋은 것이라고 여긴 것에 대항하려 했지만 즉시 떨쳐버리곤 했던 겉으로 드러나지 않았던 의도, 이런 게 어쩌면 참된 것이었고 나머지는 죄다 거짓된 것이었을지도 모르겠다는 생각이 들었다. 그의 직무, 삶을 살아가는 방식, 가족, 사교계와 직장의 이해관계, 이 모든 게 거짓일 수도 있었다. 그는 눈앞의 이 모든 것들을 방어하려 들었다. 그러나 갑자기 자기가 방어하는 대상의 허점들이

속속들이 느껴졌다. 그러자 더 이상 방어할 수 없었다.

"만약에 그렇다면" 하고 그는 자신에게 말했다. "나 또한 내게 주어진 모든 것을 파괴했다는 의식을 간직한 채 개선할 기회도 갖지 못하고 생을 마감한다면 그땐 어떻게 되지?" 그는 똑바로 누워 자신의 인생 전체를 전혀 새로운 각도에서 살펴보기 시작했다. 아침에 집사, 이어서 아내, 이어서 딸 그리고 의사를 보았을 때 그들의 움직임 하나하나, 그들의 말 하나하나는 그에게 간밤에 모습을 드러낸 끔찍한 진실을 확인시켜주었다. 그는 그들에게서 자기 자신, 자신의 삶이 지향하던 모든 것을 보았고 이 모든 것은 다른 게 아니라 삶과 죽음을 가리고 있는 거대한 기만이라는 걸 똑똑히 보았다. 이 깨달음은 자꾸만 커져갔고 육체적인 고통을 열 배로 가중시켰다. 그는 신음을 토하며 몸부림을 쳤고 옷을 연신 풀어헤쳤다. 옷이 목을 조이고 짓누르는 것 같았기 때문이다. 그랬어도 그는 그들이 미웠다.

상당량의 아편이 투여되자 그는 의식을 잃었다. 그러나 식사시간이 되자 그는 사람들을 물리치고 홀로 남아 이리저리 몸을 뒤척였다.

아내가 와서 말했다.

"장, 여보, 날 위해서(날 위해서라고?) 일을 하나만 해줘요. 해롭지 않고 도움되는 일이에요. 괜찮아요. 건강한 사람도 자주

......."

그는 눈을 휘둥그레 떴다.

"뭐? 성찬을 받으라고? 뭐 하러? 필요 없어! 저, 그런데 ...."

그녀는 울음을 터뜨렸다.

"그렇게 해요. 응, 여보? 우리 사제님을 모셔 올게요. 참 좋은 분이에요."

"그래, 그렇게 해."

그가 말했다.

사제가 와서 자신의 참회를 듣자 그는 마음이 누그러졌다. 자신이 품었던 의혹이 줄어들고 그 결과 고통도 수그러드는 느낌이 들었다. 그러자 희망의 시간이 찾아왔다. 그는 다시 맹장과 맹장의 치료 가능성에 대해 생각하기 시작했다. 그는 눈물을 글썽이며 성찬을 받았다.

성찬식이 끝나고 자리에 다시 누이자 그는 순간 편안한 느낌이 들었고 다시 삶에 대한 희망을 퍼올렸다. 그는 언젠가 자신에게 제안된 바 있는 수술에 대해 생각하기 시작했다. "살고 싶다, 살고 싶어"라고 그는 자신에게 말했다. 아내가 성찬식을 무사히 치른 걸 축하해주러 왔다. 그녀는 의례적인 말 몇 마디를 내뱉더니 덧붙였다.

"맞지요? 좀 낫죠?"

그는 아내를 쳐다보지 않고 대꾸했다.

"그래."

그녀의 옷, 몸매, 얼굴 표정, 목소리, 이 모든 것이 그에게 말해 주는 것은 오직 하나, "이게 아냐. 네가 살아오면서 추구한 것은 죄다 거짓이고 사기야. 그게 네 눈을 가려 삶과 죽음을 못 보게 한 거야"였다. 여기에 생각이 미치자마자 미움이 샘솟듯 솟구쳤고 이와 더불어 육체적인 고통이 느껴졌으며, 그리고 이와 함께 피할 수 없는 임박한 죽음이 의식되었다. 뭔가 새로운 것이 진행되고 있었다. 뭔가 조이며 찌르는 듯한 아픔이 느껴졌고, 숨이 막히는 것 같았다.

"그래"라고 대꾸했을 때 그의 얼굴은 처참하게 일그러져 있었다. 그는 "그래"라고 내뱉고 나서 그녀를 노려보았다. 그는 그의 쇠약해진 몸과는 달리 빠른 속도로 몸을 뒤집은 후 엎드린 상태에서 고함을 질렀다.

"나가, 나가, 날 좀 내버려둬!"

12

 그로부터 사흘간 고함은 멈추지 않았다. 고함은 너무도 끔찍하여 문 두 개를 사이에 두고 들어도 몸서리가 쳐질 지경이었다. 그는 아내에게 대꾸하는 순간 자신이 끝장났고, 돌아가는 선 불가능하며 파국, 진짜 파국이 왔음을 깨달았다. 그러나 의혹은 여전히 가시지 않고 남아 있었다.
 "어! 어! 어!" 하고 그는 다양한 높이로 소리를 질렀다. 그는 "싫어!"라고 외치기 시작했고 "어!"에서 다시 "싫어!"라고 계속 반복하여 소리를 질렀다.
 시간의 개념이 사라진 사흘간 그는 눈에 보이지 않는 극복할 수 없는 힘이 처넣은 예의 검은 자루 속에서 몸부림을 쳤다. 그는 목숨을 건질 수 없음을 알면서도 형리의 손에서 발버둥치는 사형수처럼 필사적으로 저항했다. 그는 매 순간 아무리 기를 써도 자신이 두려워하던 것에 조금씩 다가간다는 걸 느끼고 있었다. 그는 자신이 검은 구멍에 빨려 들어가며 힘들어한다는 걸 느끼고 있었다. 그러나 자기 혼자 힘으로는 그 구멍에 기어들어갈 수 없기 때문에 더 힘들어한다는 것 또한 느끼고 있었다. 구멍에 기어들어가는 걸 방해하는 건 자신의 지난 삶이 괜찮았다는 인식이었다. 삶의 정당화는 그를 붙들고 놔주지 않아 그는 앞으로 나갈 수 없었다. 이 점이 그를 제일 힘들게 했다.

갑자기 어떤 힘이 그의 가슴, 옆구리를 세차게 밀어붙였고 숨이 턱턱 막혀왔다. 그는 나락에 떨어졌다. 나락 끝에서 뭔가 빛을 발하고 있었다. 그에게는 묘한 일이 일어나고 있었다. 그건 기차 여행을 할 때 기차가 앞으로 가고 있다고 생각하는데 실제로는 뒤로 가고 있고, 그걸 모르고 있다가 갑자기 정확한 진행방향을 알게 되는 것과 비슷했다.

"맞아, 전부 그게 아니었어"라고 그는 자신에게 말했다. "하지만 괜찮아. 잘하면, 잘하면 '그걸' 할 수 있어. 근데 '그게' 뭐지?" 그는 자신에게 묻다가 갑자기 입을 다물었다.

그건 사흘이 되던 날 밤, 그가 사망하기 한 시간 전에 일어난 일이었다. 김나지움에 다니는 아들이 아버지에게 조심조심 다가왔다. 죽어가는 이는 연신 처절하게 울부짖으며 두 손을 내젓고 있었다. 그의 손이 아들의 머리를 툭 쳤다. 아들은 그 손을 잡아 자기 입술에 갖다대고 그만 울음을 터뜨리고 말았다.

바로 이 순간 이반 일리치는 나락에 떨어져 빛을 보았고, 빛을 보는 순간 자신이 살아온 삶이 그래서는 안 되는 삶이었지만 아직 개선의 여지가 있다고 믿었다. 그는 '그게' 무엇인지 자문하다 입을 다물고 귀를 기울였다. 여기서 그는 누군가가 자신의 손에 입을 맞추고 있다는 느낌이 들었다. 눈을 뜨자 아들이 시야에 들어왔다. 아들이 가여워졌다. 아내가 다가왔다. 그는 아내를 쳐다보았다. 아내는 벌어진 입을 다물지 못했고, 눈물은 그녀의 코와 뺨을 타고 하염없이 흘러내렸다. 그녀는 절망적인 얼굴로 그를 바라보았다. 그런 그녀가 안쓰러워졌다.

'맞아, 저들에게 내가 몹쓸 짓을 하고 있는 거야'라고 그는 생각했다. '저들에겐 미안하지만 내가 죽는 게 저들에게도 나을 거야.' 그는 그렇게 말하고 싶었지만 말할 힘이 없었다. '가만 있자. 말이 무슨 소용이야. 행동하면 되지'라고 그는 생각했다. 그는 눈으로 아내에게 아들을 가리키며 말했다.

"데리고 나가…… 안쓰러워…… 당신도……."

이어서 그는 '미안해'라고 말하려다 그만 "가게 둬"라고 하고 말았다. 그는 그 말을 정정할 힘이 없었지만 알아듣는 사람은 알아들을 거라고 생각하면서 한 손을 저었다.

그러자 갑자기 자신을 괴롭히며 나오지 않던 모든 것이 두 방향, 열 방향, 모든 방향에서 한꺼번에 쏟아져 나오는 게 분명히 보였다. 저들이 불쌍해, 저들이 힘들어하지 않도록 해주어야 해. 저들을 해방시켜주고 나도 이 고통으로부터 해방돼야 해. '얼마나 좋아, 얼마나 간단해'라고 그는 생각했다. '근데 통증은?' 하고 자신에게 물었다. '어디로 간 거야? 어이, 통증, 너 어디에 있는 거야?'

그는 귀를 기울였다.

"아, 저기 있군. 뭐, 어때. 통증은 그대로 있으라고 하지, 뭐. 근데 죽음은? 죽음은 어디에 있는 거지?"

그는 예의 죽음에 대한 두려움을 찾아보았으나 발견하지 못했다. 어디에 있는 거지? 죽음이라니? 그게 뭔데? 그 어떤 두려움도 없었다. 죽음도 없었기 때문이다.

죽음이 있던 자리에 빛이 있었다.

"바로 이거야!" 그는 갑자기 큰 소리로 말했다. "이렇게 좋을 수가!"

한순간 이 모든 일이 일어났고 그 순간이 지니는 의미는 이후 결코 바뀌지 않았다. 주위 사람들이 지켜보는 가운데 그의 임종의 고통은 두 시간 더 지속되었다. 그의 가슴속에서 뭔가 부글거렸다. 쇠약해진 육신은 경련을 일으켰다. 그러다 부글거리는 소리, 쌕쌕거리는 소리는 점차 잦아들었다.

"끝났습니다!"

누군가 그를 내려다보며 말했다.

그는 그 말을 듣고 그 말을 마음속으로 되풀이했다. '죽음은 끝났어'라고 그는 자신에게 말했다. '더 이상 존재하지 않아.'

그는 숨을 한차례 들이마셨다. 절반쯤 마시다 숨을 멈추고 긴장을 푼 후 숨을 거두었다.

세 죽음.

1

가을이었다. 마차 두 대가 큰길을 따라 빠르게 달리고 있었다. 앞에서 달리는 마차에는 여성 두 명이 타고 있었다. 그중 한 명은 마르고 얼굴에 핏기가 없는 부인이었고 다른 한 명은 그녀의 하녀로 윤이 나는 발그레한 얼굴에 몸매가 풍만했다. 하녀는 해진 장갑을 낀 손으로 색 바랜 모자 아래로 삐져나온 짧고 끝이 갈라진 머리카락을 연신 쓸어 올렸다. 면 목도리에 가려진 풍만한 가슴은 건강미를 과시하며 오르내렸고 까만 눈망울은 쉴 새 없이 스쳐가는 창밖의 들판을 쫓는가 하면 수줍게 마님을 바라보기도 했고, 그런가 하면 마차 안 구석구석을 걱정스럽게 두리번거리기도 했다. 하녀의 코앞에서는 그물 선반에 넣은 마님의 모자가 흔들거리고 있었고 마님의 무릎에는 바닥에 쌓여 있는 여행 가방들 위에 뒷발을 디딘 강아지가 엎드려 있었다. 마차 안에는 마차 바퀴의 용수철이 삐걱대는 소리와 유리창이 바르르 떠는 소리가 들릴락 말락 울려 퍼졌다.

부인은 양손을 무릎에 모으고 눈을 지그시 감은 채 허리에 괴어놓은 쿠션에 의지하여 힘없이 흔들리고 있었다. 그녀는 살며시 미간을 찌푸리며 밭은 기침을 토해냈다. 머리에는 흰 모자를 쓰고, 희고 연약한 목에는 하늘색 스카프를 두르고 있었다. 모자 아래에 한가운데로 탄 가르마는 머릿기름을 많이 발라 뻣뻣해진 금발을 정확히 반분했다. 그리고 가르마로 넓게 드러난 흰 피부는 윤기는 물론 생기도 없어 보였다. 꺼칠하고 약간 누르스름한 빛이 도는 피부는 섬세하고 아름다운 얼굴을 어설프게 감싸고 있었고 양 볼과 광대뼈에는 엷은 홍조가 감돌았다. 까실까실한 입술은 실룩거렸고 얼마 되지 않는 속눈썹은 뻣뻣했으며 고운 옷감으로 지은 여행용 외투는 밋밋한 가슴에 곧바로 뻗은 주름들을 남기고 있었다. 두 눈이 감겼음에도 불구하고 부인의 얼굴은 피로와 초조 그리고 일상이 되어버린 고통을 드러냈다. 하인은 마부 옆자리에 앉아 등받이에 기댄 채 끄덕끄덕 졸고 있었고 우편마차 마부는 활기차게 소리를 지르며 땀에 흠뻑 젖은 네 마리의 힘센 말들을 휘몰았다. 마부는 그러다 가끔 뒤에서 자신과 마찬가지로 힘차게 소리를 지르며 말을 모는 마부를 힐끗힐끗 쳐다보았다. 넓은 바퀴 자국은 석회질 토양의 진흙길을 따라 빠르고 정확하게 평행선을 그으며 퍼져 나갔다. 하늘은 흐렸고 날씨는 차가웠다. 습기를 흠뻑 머금은 어둠이 들판과 길에 쏟아지고 있었다. 마차 안은 무더웠고 화장수 냄새와 먼지로 가득했다. 환자는 고개를 들고 천천히 눈을 떴다. 곱고 짙은 색깔에 크고 빛나는 눈이었다.

"또" 하고 그녀는 아름답고 가는 손으로 자신의 발에 닿을 뻔한 하녀의 낡은 외투 끝자락을 신경질적으로 밀어내며 말했다. 그녀의 입은 아픔으로 일그러졌다. 하녀 마트료샤는 두 손으로 외투자락을 모으고 탄탄한 하체에 의지하여 상체를 곧추세운 후 마님으로부터 비켜 앉았다. 그녀의 얼굴은 싱싱하고 발그레했다. 병든 부인은 아름답고 짙은 눈으로 하녀의 동작을 주시했다. 그리고 부인도 두 손으로 좌석을 누르며 약간 상체를 일으켜 앉으려 했다. 그러나 힘이 따라주지 않았다. 그러자 입술이 일그러지고 얼굴 전체로 무기력하고 심술궂은 냉소가 가득 번졌다. '좀 도와주지 않고! 아냐! 관둬! 내가 할 거야. 근데 내 뒤에 네 짐 좀 놓지 마라. 부탁이다! 아니다, 그냥 둬라. 무슨 말인지 못 알아듣니!' 부인은 눈을 감았다. 그러다 금세 다시 눈을 뜨고 하녀를 쳐다보았다. 마트료샤는 마님을 바라보며 빨간 아랫입술을 깨물었다. 깊은 한숨이 병든 부인의 가슴속에서 새어나왔다. 그러나 한

세 죽음

숨은 도중에 기침으로 바뀌었다. 부인은 몸을 돌리고 얼굴을 찡그리며 가슴을 두 손으로 움켜쥐었다. 기침이 멎자 그녀는 다시 눈을 감고 앉아 미동도 하지 않았다. 마차와 반 포장마차는 한 마을에 도착했다. 마트료샤는 면 목도리 아래서 통통한 손을 꺼내 성호를 그었다.

"무슨 일이냐?"

부인이 물었다.

"역이에요, 마님."

"그래? 근데 좀 물어보자. 성호는 왜 긋니?"

"교회니까요, 마님."

부인은 창쪽으로 몸을 돌렸다. 그녀는 우회하여 지나가는 큰 목조건물 교회를 휘둥그레진 눈으로 바라보며 천천히 성호를 긋기 시작했다.

마차와 반 포장마차는 역에서 멈췄다. 반 포장마차에서 병든 부인의 남편과 의사가 내려 마차로 다가왔다.

"좀 어떠십니까?"

의사가 맥박을 재며 물었다.

"그래, 여보, 좀 어때? 피곤하지 않아?"

남편이 프랑스어로 물었다.

"좀 내리지그래?"

마트료샤는 보따리들을 치우고 대화에 방해가 되지 않도록 구석에 웅크리고 앉았다.

"그저 그래요, 마찬가지예요."

부인이 대답했다.

"안에 있겠어요."

남편은 좀 서 있다가 역 건물 안으로 들어갔다. 마트료샤는 마차에서 깡충 뛰어내려 진흙이 튀지 않도록 까치발을 하고 역 정문을 향해 달려갔다.

"내 상태가 안 좋다고 해서 선생님이 아침식사를 거르실 필요는 없어요."

부인은 엷은 미소를 지으며 창가에 서 있는 의사에게 말했다.

"저들 중 그 누구도 내게는 관심을 갖지 않아."

그녀는 조용히 자리를 뜬 의사가 서둘러 역 건물 계단을 오르자 혼잣말을 했다.

"자기들 걱정거리가 없으니 다른 사람이야 아무래도 그만이지, 뭐."

"아, 에두아르드 이바노비치."

남편은 의사와 마주치자 밝은 미소를 짓고 손을 비비며 말을 건넸다.

"먹을거리 가방을 가져오라고 시켰습니다. 어떻게 생각하십니

세 죽음 131

까?"

"그거 괜찮지요."

의사가 대답했다.

"저, 그런데, 좀 어떻습디까?"

남편은 목소리를 낮추고 한숨과 함께 눈썹을 움직이며 물었다.

"말씀드리지 않았습니까. 부인은 이탈리아까지 가지 못합니다. 모스크바까지라도 간다면 기적이지요. 특히 이런 날씨에 말입니다."

"그럼 어떡하지요? 아, 하느님, 맙소사! 하느님, 맙소사!"

남편은 한 손으로 눈을 가리며 외쳤다.

"이리 가져와봐."

남편은 먹을거리 가방을 운반해 온 사내에게 말했다.

"떠나는 게 아니었습니다."

의사가 어깨를 움츠리며 말했다.

"그럼 내가 어떻게 했어야 옳았습니까?"

남편이 반박했다.

"그냥 있게 하려고 모든 수단 방법을 동원했습니다. 넉넉하지 않은 재정 상태는 물론 애들을 두고 가야 한다는 얘기도 했고, 내가 할 일이 있다는 얘기도 했지요. 그렇지만 아내는 도무지 들으려 하지 않습니다. 건강한 사람처럼 해외에서 살 계획을 꾸미고 있다니까요. 그런 그녀에게 그녀의 상태에 대해 얘기하는 건 정말 그녀를 죽이는 거나 다름없습니다."

"그래요. 부인은 이미 사망한 거나 마찬가지입니다. 이걸 아셔야 됩니다, 바실리 드미트리치. 인간은 폐가 없이는 살지 못합니다. 폐는 새로 자라나지 않고요. 슬프고 힘든 일입니다. 하지만 어쩌겠습니까? 우리가 할 수 있는 일은 부인이 가능한 한 편안히 숨을 거두도록 돕는 것밖에 없습니다. 이럴 때는 성직자가 필요하지요."

"아, 하느님, 맙소사! 아내에게 유언을 하라고요? 내 입장을 좀 이해해주세요. 뭐가 어떻게 돼도 좋습니다. 하지만 그건 못 합니다. 선생님도 아시잖습니까. 아내는 참 착하고……."

"그렇다면 어떻게든 겨울 여행을 할 수 있을 때까지 기다리라고 설득해보십시오."

의사는 의미심장하게 고개를 저으며 말했다.

"그렇지 않으면 여행 중 안 좋은 일이 생길 수도 있으니까요……."

"아크슈샤, 야, 아크슈샤!"

역장 딸이 머리에 털조끼를 걸쳐 쓰고 진흙투성이인 뒤쪽 현관에서 발을 구르며 외쳤다.

"쉬르키노 마님 구경하러 가자. 가슴이 아파서 외국에 실려 가는 중이래. 난 여태까지 폐결핵 환자를 한 번도 본 적이 없어."

아크슈샤가 문지방에 나타나자 둘은 손을 잡고 정문을 향해 달려갔다. 아이들은 걸음을 늦추고 마차를 지나 창이 내려진 창문 안을 들여다보았다. 환자는 아이들에게 고개를 돌렸다. 그러나 아이들의 호기심 어린 얼굴을 보고 언짢은 표정을 지으며 등을 다시 돌려버렸다.

"엄마야!"

역장 딸이 재빨리 고개를 돌리며 말했다.

"그렇게 예쁘던 마님이 저렇게 되다니! 무서워. 봤니, 봤어, 아크슈샤?"

"그래, 너무 말랐어!"

아크슈샤가 맞장구를 쳤다.

"우물에 가는 척하면서 가서 좀 더 보자. 봐, 등을 돌렸지만 볼 수 있었어. 마샤, 참 안됐어."

"맞아. 어휴, 이 진흙 좀 봐!"

마샤가 대꾸했고 둘은 정문을 향해 돌아갔다.

'내 몰골이 말이 아닌 모양이구나.'

환자는 생각했다.

'제발 한시바삐 외국에 가면 좋으련만. 거기에 가면 곧 나을 텐데.'

"그래 좀 어때, 여보?"

남편이 음식을 우물우물 씹으며 마차에 다가와서 물었다.

'항상 똑같은 질문.'

환자는 생각했다.

'게다가 혼자만 먹고.'

"그만그만해요."

그녀는 내키지 않는 목소리로 대꾸했다.

"있잖아, 여보, 이런 날씨에 여행하다가 당신 상태가 악화될까 봐 걱정돼. 에두아르드 이바노비치도 같은 말씀을 하셔. 돌아가는 게 낫지 않을까?"

그녀는 화가 나서 대답을 하지 않았다.

"아마 날씨는 좋아질 거야. 도로 상태도 좋아질 거고. 그러면 당신 상태도 좀 나아지지 않겠어? 그러면 우리 모두 같이 여행을 떠날 수 있을 거야."

"미안한데, 그렇게 오랫동안 당신 말만 안 들었어도 난 지금쯤 베를린에 가 있을 거고 완전히 나았을 거예요."

"어떡하면 좋겠어, 여보. 당신도 알다시피 그럴 형편이 안 되었었잖아. 지금이라도 한 달만 기다린다면 당신은 금세 기운을 차리게 될 거야. 그러면 나는 내 일을 마치고 애들도 데리고 갈 수 있지 않겠어……."

"애들은 건강하지만 난 아니에요."

"여보, 제발 좀 이해해줘. 이런 날씨에 가다가 도중에 당신 상태가 안 좋아지면……. 그러느니 차라리 집에 있는 게 낫지."

"뭐라고요? 뭐, 집이요? 집에서 죽으라고요?"

환자는 발끈했다. 그러나 '죽는다'는 말에 그녀 자신도 놀라 반은 애원하듯, 반은 묻듯 남편을 바라보았다. 남편은 눈을 내리깔고 입을 다물었다. 환자의 입이 어린아이처럼 일그러지더니 눈에서 눈물이 줄줄 흘러내렸다. 남편은 손수건을 꺼내 얼굴을 가리고 말없이 마차에서 멀어져갔다.

"아냐, 난 갈 거야."

환자는 고개를 들어 하늘을 보고 말했다. 그녀는 두 손을 모으고 두서없이 중얼거리기 시작했다. "하느님, 맙소사! 왜 이런 일이?"라고 그녀는 말하며 쉴 새 없이 눈물을 쏟아냈다. 그녀는 오랫동안 정성껏 기도했다. 하지만 가슴속의 아픔과 답답함은 그대로였고 들판과 길은 여전히 잿빛이었고 음산했다. 그리고 가을 안개는 짙어지지도 엷어지지도 않은 채 길의 진흙 위에, 지붕에, 마차에 내리고 있었다. 그리고 힘찬 목소리로 즐겁게 얘기하며 마차 바퀴에 기름을 바르고 마차에 말을 매는 마부들의 털가죽 외투에도 내려앉고 있었다…….

2

마차에 말이 매어졌다. 하지만 마부는 떠날 생각을 않고 꾸물댔다. 그는 마부 숙소로 건너갔다. 숙소 안은 후텁지근했고 어두컴컴했으며 답답했다. 게다가 사람들 냄새, 갓 구운 빵 냄새, 양배추와 양가죽 냄새가 코를 찔렀다. 마부가 몇 사람 있었고 식모는 벽난로와 연결된 화덕에서 일을 하고 있었으며 벽난로 위에는 양가죽 외투를 뒤집어쓴 채 한 환자가 누워 있었다.

"표도르 아저씨! 저, 표도르 아저씨!"

털가죽 외투를 입고 허리춤에 채찍을 찔러 넣은 젊은 마부가 숙소에 들어서면서 환자를 불렀다.

"이봐, 건달, 페치카[1]는 왜 불러?"

마부들 중 한 사람이 말했다.

"나리가 마차에서 기다리잖아?"

"장화 좀 달라고 하게요. 내 건 떨어졌거든요."

젊은 마부가 머리를 뒤로 젖혀 머리칼을 넘기고 허리춤에 꽂은 벙어리장갑을 바로 펴며 말했다.

"혹시 자는 거 아녀? 저, 표도르 아저씨?"

그는 벽난로에 다가가며 말했다.

"왜?"라고 묻는 힘없는 목소리가 들려왔고 불그레하고 마른 얼굴이 벽난로 아래를 굽어보았다. 앙상하게 말라 핏기 없는 큼지막한 털북숭이 손이 두꺼운 무명 외투를 끌어다 때에 전 루바슈카가 보이는 어깨를 덮었다.

"마실 것 좀 줘. 근디 왜 그려?"

젊은 마부는 국자에 물을 떠 그에게 주었다.

"저, 표도르 아저씨."

그는 머뭇거리며 말을 꺼냈다.

"저, 그러니까, 인제 아저씨에겐 새 장화가 필요 없을 것 아녀요. 날 주면 좋겠어요. 거 뭐더라, 아저씨는 걸을 일이 없을 거니까요."

환자는 반질반질 윤이 나는 국자를 향해 나른한 머리를 숙여

1 표도르의 애칭.

듬성듬성 난 콧수염을 흐릿한 물에 담근 채 힘없이 물을 마셨다. 그의 헝클어진 턱수염은 꾀죄죄했고 푹 꺼진 흐릿한 두 눈은 가까스로 젊은 마부를 바라보았다. 환자는 물을 마신 후 손을 들어 젖은 입술을 닦으려고 했으나 실패하고 외투 소매로 닦는 데 그쳤다. 그는 말없이 거친 숨을 코로 내쉬며 힘을 짜내어 젊은 마부를 바로 보았다.

"이미 다른 사람에게 약속했을 수도 있겠지요."

젊은 마부가 말했다.

"그렇담 어쩔 수 없지요. 중요한 건 밖이 질척거리는데 난 일이 있어 말을 몰아야 한다, 이거지요. 그래서 이런 생각을 한 겁니다. '페치카에게 장화를 달라고 부탁해보자. 그 뭐더라, 아저씨에겐 필요 없을 테니까.' 그렇지만 아저씨에게 필요할 수도 있지요. 말만 하셔요."

환자의 가슴속에서 뭔가 부글부글 끓어 넘치기 시작했다. 환자는 몸을 굽히며 제대로 터져 나오지 않는 기침 때문에 몹시 괴로워했다.

"필요한 거 좋아하네."

갑자기 식모가 숙소 안이 쩌렁쩌렁 울리도록 큰 목소리로 화를 벌컥 내면서 말했다.

"벽난로에서 안 내려온 지 두 달쨌데, 뭐. 봐, 사람 꼴이 말이 아니잖아. 기침하는 걸 듣기만 해도 맘이 아퍼 죽겠어. 근데 뭐, 장화가 필요해? 새 장화를 신겨서 장례를 치르지는 않을 거야. 벌 받을 소리지만 벌써 갈 때가 됐지. 봐, 엄청 힘들어하잖아. 차라리 다른 숙소로 옮기든가 아니면 어디 다른 데로 옮겨야 해! 도시에는 병원도 있다는데……. 그래 한쪽 구석을 독차지하고 있으면 다야? 도무지 어디 빈자리가 있어야 말이지. 근데 뭐 깨끗하지 않다고?"

"어이, 세료가!² 어서 가서 마차에 올라, 나리들이 기다리셔."

역장이 문 안에 대고 소리를 질렀다.

세료가가 대답을 기다리지 못하고 자리를 뜨려 하자 환자는 기침을 하면서도 그에게 눈으로 답을 들려주겠다는 신호를 보냈다.

"너, 내 장화 가져, 세료가."

그는 기침을 억눌러 참고 잠시 숨을 돌린 후 말했다.

"단, 잘 들어, 내가 죽으면 비석 하나만 사다가 세워줘."

그는 쉰 목소리로 덧붙였다.

"아저씨, 고맙습니다. 그렇다면 내가 가질게요. 저, 그리고 비석은 세워드릴게요."

"여보게, 자네들 다 들었지."

환자는 간신히 말하고 다시 몸을 굽히더니 괴로워했다.

---

2 세르게이의 애칭.

"그럼, 듣다마다."

마부들 중 한 사람이 말했다.

"세료가, 어서 가서 마차에 오르도록 해. 저기 역장이 다시 달려오잖아. 쉬르키노 마님이 편찮으신가 봐."

세료가는 닳아빠진 데다 너무 헐렁했던 장화를 서둘러 벗어 긴 나무의자 아래에 던져 넣었다. 표도르 아저씨의 새 장화는 안성맞춤이었다. 세료가는 자꾸만 새 장화를 내려다보며 마차를 향해 걸어갔다.

"야, 장화 한번 근사하다! 약칠은 내가 해줄게."

세료가가 마부석에 올라 고삐를 잡자 다른 마부가 솔을 집어 들고 말했다.

"공짜로 주던?"

"왜, 샘나?"

세료가가 외투 자락으로 다리를 덮기 위해 약간 몸을 일으키며 말했다.

"관둬! 자, 얘들아, 가자!"

그는 채찍을 한 차례 휘두른 후 말들에게 외쳤다. 그러자 마차와 반 포장마차는 승객과 짐을 싣고 희뿌연 가을 안개 속에 자취를 감추며 질척거리는 도로를 따라 빠른 속도로 달려갔다.

병든 마부는 후텁지근한 숙소의 벽난로 위에 남아 시원하게 기침을 하지도 못하고 가까스로 몸을 돌려 눕고는 조용해졌다.

밤이 되도록 많은 사람들이 숙소를 드나들고 식사를 했지만 환자는 기척이 없었다. 밤이 이슥해질 무렵 식모는 벽난로에 올라가서 환자의 다리를 넘어 양가죽 외투를 잡아당겨 덮었다.

"나 너무 구박하지 마, 나스타샤."

환자가 말했다.

"니 자리 곧 비워줄게."

"됐어요, 됐어, 아무려면 어때요."

나스타샤가 중얼거렸다.

"근데 어디가 아파, 아저씨? 말해봐요."

"속이 아퍼 죽겄어. 뭔지는 하느님만이 아실 거여."

"혹시 기침할 때 목 안 아퍼?"

"온 군데가 다 아퍼. 죽을 때가 된 겨. 그렇다니께. 아, 아, 아!"

환자가 신음을 토했다.

"다리를 이렇게 덮으셔요."

나스타샤가 말하며 무명 외투를 덮어주고 나서 벽난로에서 내려왔다.

밤에 숙소 안에서는 작은 등잔 하나만이 희미한 빛을 내고 있었다. 나스타샤를 비롯하여 열 명 남짓 되는 마부들은 바닥과 긴 나무의자 위에 누워 큰 소리로 코를 골며 잠을 잤다. 환자 한 사람만이 벽난로 위에서 약한 신음소리를 내다 기침을 토하고 몸을 뒤척이곤 했다. 그러다 아침이 가까워오자 환자는 완전히 조용해졌다.

"별 이상한 꿈도 다 있네."

식모가 어슴푸레 아침이 밝아올 무렵 기지개를 켜며 말했다.

"꿈속에서 표도르 아저씨가 벽난로에서 내려와 장작을 패러 가는 거야요. 그러면서 나스타샤, 도와줄게, 그러데요. 그래서 무슨 수로 장작을 패냐고 했지요. 근데 들은 척도 안 하고 도끼를 잡더니 장작을 패기 시작하는 거예요. 아따 힘 좋습디다. 나무 조각이 막 날았으니까요. 내가 아픈 사람이 뭐 이래요라고 했더니 나 말여 건강혀라고 하며 도끼를 휘두르더라고요. 그러니 겁이 안 나겼어요? 소리를 지르다 잠이 깼어요. 근데 이 아저씨 혹시 죽은 거 아녀? 표도르 아저씨! 저, 표도르 아저씨!"

표도르는 아무런 말도 하지 않았다.

"오잉, 정말 죽었나 벼? 가서 보더라고."

잠이 깬 마부 중 한 사람이 말했다.

벽난로에서 아래로 축 늘어진 붉은 털이 무성한 앙상한 손은 차가웠고 핏기가 없었다.

"역장한테 가서 죽은 것 같다고 알려야 혀."

마부가 말했다.

표도르의 친척은 없었다. 외지 사람이었던 것이다. 다음 날 그는 숲 뒤편에 있는 새 공동묘지에 묻혔다. 나스타샤는 이후 며칠간 만나는 사람마다 자기가 꾼 꿈에 대해서 또 자기가 제일 먼저 표도르 아저씨의 죽음을 알았노라고 얘기했다.

3

　봄이 왔다. 도시의 진흙투성이 거리에서는 지저분한 살얼음을 헤치고 도랑물이 빠르게 흐르고 있었다. 거리를 누비는 사람들의 옷차림은 밝은 색이었고 목소리에는 생기가 넘쳤다. 담장 너머 정원에서는 나무마다 새순이 봉긋이 부풀어 오르고 있었고, 가지는 불어오는 새 바람에 살랑살랑 흔들거렸다. 여기저기 맑은 물방울들이 톡톡 떨어지다 무리를 지어 흘렀다. 참새들은 서툴게 짹짹거리며 조그만 날개를 퍼덕이며 이리저리 날았다. 햇빛이 드는 곳이면 담장이건 집이건 아니면 나무건 간에 모든 게 움직이며 환하게 빛났다. 하늘, 땅 그리고 사람의 마음 모두가 기쁨과 젊음을 뿜어냈다.

주요 거리 중 하나, 어떤 나리의 저택 앞에 신선한 짚이 깔려 있었다. 집 안에서는 외국 여행을 서둘던 예의 그 여자가 누워 죽어가고 있었다.

굳게 잠긴 문 뒤에 환자의 남편과 나이 든 부인이 서 있었다. 소파에는 사제가 앉아서 눈을 내리깔고 무엇인가 영대[3]로 덮은 채 앉아 있었다. 구석에서는 볼테르 의자[4]에 한 노파—환자의 어머니—가 기대어 앉아서 서럽게 울고 있었다. 그녀 옆에서는 노파의 분부만을 기다리며 하녀가 깨끗한 손수건을 들고 서 있었다. 다른 하녀는 뭔가를 노파의 관자놀이에 발라주며 모자 아래 희끗희끗한 머리에 바람을 불어 넣어주고 있었다.

"자, 주님이 당신과 함께 하기를."

남편은 문 옆에 자신과 나란히 선 나이 든 부인에게 말했다.

"아내는 당신을 단단히 믿고 있어요. 당신만이 아내를 설득할 수 있습니다. 가서 얘기를 잘 해주세요, 어서 가봐요."

그는 문을 열어주려 했다. 그러나 사촌언니는 그를 말리며 몇 차례 손수건으로 눈물을 찍어낸 후 머리를 가로저었다.

"이제 운 티가 안 나는 것 같죠?"

---

[3] 러시아정교에서 성사를 집전할 때 목뒤로 걸어서 몸 앞 양쪽으로 길게 늘어뜨리는, 십자가를 일곱 개 수놓은 폭이 넓은 천. 가톨릭 성직자가 두르는 영대와 비슷함. 여기서는 편의상 '영대'로 옮김.
[4] 다리가 낮고 등이 높은 안락의자.

그녀는 말하며 직접 문을 열고 방으로 들어갔다.

남편은 극도로 흥분하여 도무지 마음을 잡지 못하는 것 같았다. 그는 노파에게 가보려고 했다. 그러나 노파에 이르기까지 몇 걸음을 남겨놓고 발길을 돌려 방을 지나 사제에게 다가갔다. 사제는 그를 바라보고 눈썹을 위로 움직인 후 한숨을 내쉬었다. 숱이 많고 희끗희끗한 턱수염 또한 같이 올라갔다 내려왔다.

"하느님, 맙소사! 하느님, 맙소사!"

남편이 말했다.

"어떡하겠습니까!"

한숨을 쉬며 사제가 말했다. 그러자 눈썹과 턱수염이 다시 위로 올라갔다가 내려왔다.

"장모님도 여기 와 계신다고요!"

남편은 거의 절망적으로 말했다.

"장모님은 견뎌내지 못할 겁니다. 장모님처럼 자식을 사랑하는 분이 세상에 또 있을지……. 난 모르겠습니다. 신부님, 신부님이라도 가셔서 제 장모님을 위로해주시고 이 자리를 피하라고 설득해주세요."

사제는 자리에서 일어나 노파에게 다가가서 말했다.

"그렇습니다, 어머니의 마음은 그 누구도 헤아릴 수 없습니다. 그렇지만 하느님은 자비로우십니다."

그러자 갑자기 노파의 얼굴 전체에 경련이 일기 시작하더니 딸꾹질이 시작됐다.

"하느님은 자비로우십니다."

사제는 노파가 어느 정도 진정하자 다시 말했다.

"한 가지 말씀드리지요. 제가 관장하고 있는 교구에 마리야 드미트리예브나보다 훨씬 상태가 안 좋은 환자가 있었습니다. 그런데 그 사람을 평범한 한 소시민이 약초를 사용하여 짧은 시간 안에 낫게 했습니다. 이 소시민분은 현재 모스크바에 머물고 있습니다. 바실리 드미트리예비치[5]에게도 얘기했습니다만, 시도해볼 만합니다. 적어도 환자에게는 위안이 될 테니까요. 하느님은 전지전능하십니다."

"아닙니다, 우리 아이는 살지 못해요."

노파는 말했다.

"하느님도 무심하시지, 차라리 날 데려가고 걔를 살려주시지."

그러자 다시 딸꾹질이 발작하여 점점 심해졌고 마침내 노파는 의식을 잃고 말았다.

환자의 남편은 손으로 얼굴을 감싼 채 방을 뛰쳐나갔다.

복도에서 그와 처음 마주친 사람은 여섯 살 먹은 소년으로 어린 누이동생을 몰고 다니느라 숨을 가쁘게 몰아쉬고 있었다.

---

[5] 드미트리예비치는 드미트리치라고도 함.

"애들을 마님께 데려갈까요?"

유모가 물었다.

"아니, 관둬. 애들을 보고 싶어 하지 않아. 보게 되면 마음이 심란해질 거야."

소년은 잠시 멈춰 서서 아버지의 얼굴을 뚫어져라 바라보더니 깨금발을 짚고 즐거운 비명을 지르며 다시 뛰기 시작했다.

"쟤가 술래예요, 아빠!"

소년은 누이동생을 가리키며 외쳤다.

한편 같은 시간, 다른 방에서는 사촌언니가 환자 곁에 앉아서 능숙하게 대화를 이끌어가며 환자로 하여금 죽음에 대비하도록 하고 있었다. 의사는 다른 쪽 창가에서 물약을 만들고 있었다.

환자는 하얀 상의를 입고 쿠션에 둘러싸인 채 침대에 앉아 말없이 사촌언니를 바라보고 있었다.

"아, 언니."

그녀는 갑자기 사촌언니의 말을 가로막고 나섰다.

"날 죽음에 대비시킬 필요는 없어. 난 어린애가 아니에요. 기독교인인걸요. 난 다 알고 있어요. 내가 얼마 못 살 거라는 것도 알고요. 우리 남편이 좀 더 일찍 내 말을 들었으면 난 이탈리아에 가 있을 거고, 아마도 건강도 되찾았을 거예요. 사람들이 다 그렇게 남편에게 말했어요. 하지만 어쩌겠어요. 하느님 뜻은 그게 아니었으니. 우리 모두 많은 죄를 짓고 살지요. 내가 보기엔 그래요. 그렇지만 난 하느님의 자비를 믿어요. 다 용서해주실 거예요, 그럼요. 다 용서해주시고 말고요. 난 자신을 이해하려 노력하고 있어요. 물론 나도 죄를 많이 지었어요. 그렇지만 그만큼 고통에 시달리기도 했어요. 난 인내심을 갖고 고통을 견뎌내려고 무진 애를 썼어요……."

"저, 신부님을 불러올까? 성찬을 받고 나면 훨씬 나을 거야."

사촌언니가 말했다.

환자는 동의의 표시로 고개를 끄덕였다.

"하느님, 죄 많은 저를 용서해주세요."

그녀는 속삭였다.

사촌언니는 방을 나가서 신부에게 눈짓을 했다.

"쟤는 천사예요!"

그녀는 남편에게 말하며 눈물을 글썽거렸다.

남편은 눈물을 흘리기 시작했고 사제는 문을 향해 걸어갔으며 노파는 여전히 의식이 없었다. 첫 번째 방은 완전한 침묵에 잠겼다. 오 분 후 사제는 문을 열고 나와 영대를 벗고 머리 매무새를 가다듬었다.

"다행히도 환자가 좀 안정을 찾았습니다."

사제가 말했다.

"두 분을 보고 싶어 합니다."

사촌언니와 남편이 방으로 들어갔다. 환자는 성화를 보며 조용히 눈물을 흘리고 있었다.

"주님의 은총이 함께하길, 여보."

남편이 말했다.

"고마워요. 이젠 참 편해요, 말할 수 없이 마음이 느긋해지는 게 느껴져요."

환자는 이렇게 말하며 얇은 입술에 춤추듯 나긋나긋한 미소를 머금었다.

"하느님은 참으로 자비로우세요! 자비롭고 전지전능하신 분이에요. 안 그래요?"

그녀는 이렇게 말하며 다시 눈물을 글썽이고 성화를 바라보며 정성껏 기도를 드렸다.

그러다 갑자기 뭔가 생각난 듯 남편에게 가까이 오라는 시늉을 했다.

"당신은 내가 부탁하는 걸 절대 들어주지 않는 분이에요."

그녀는 힘없이 불만에 찬 목소리로 말했다.

남편은 목을 늘여 빼고 다소곳이 그녀의 말에 귀를 기울였다.

"뭔데, 여보?"

"내가 몇 번이나 말했어요. 의사들은 아무것도 모른다고요. 자연요법을 사용하여 병을 고치는 사람들이 있어요……. 신부님이 그러시데요……. 한 소시민이 있다고……. 사람을 보내세요."

"누굴 데리러, 여보?"

"하느님, 맙소사! 어쩜 막혀도 세상에 저렇게 꼭 막힐 수가!"

환자는 이렇게 말하며 얼굴을 찡그리고 눈을 감았다.

의사가 다가와서 그녀의 손목을 잡았다. 맥박이 눈에 띄게 약해지고 있었다. 그는 남편에게 눈짓을 했다. 환자는 그 동작을 알아채고 눈을 휘둥그레 뜨고 주위를 둘러보았다. 사촌언니가 몸을 돌려 눈물을 쏟기 시작했다.

"울지 마, 언니, 언니도 나도 힘들게 하지 말아요."

환자가 말했다.

"언니가 그러면 내게 남은 마지막 평화도 사라지고 말아."

"넌 천사야!"

사촌언니는 환자의 손에 키스하며 말했다.

"안 돼, 언니, 여기다 키스해줘. 죽은 사람에게만 손에 키스하는 거야. 하느님, 맙소사! 하느님, 맙소사!"

그날 저녁에 환자는 시신이 되었고 시신을 담은 관은 큰 저택의 홀에 안치되었다. 굳게 닫힌 문 너머 큰 방에서는 한 수도사가 코맹맹이 소리를 내며 단조로운 어조로 시편 중 다윗의 노래를 읽고 있었다. 높은 은촛대에 꽂힌 밝은 양초 불빛이 고인의 핏기 없는 이마며 밀랍 같은 무거운 두 손 그리고 끔찍하게 솟아오른 무릎과 발톱을 덮고 있는 관 뚜껑의 화석 같은 주름에 쏟아졌다. 수도사는 자신이 내뱉는 말의 의미를 조금도 이해하지 못한 채 단조롭게 성경의 구절을 읽었고, 조용한 방 안에는 그가 내뱉는 말들이 어색하게 울리다 사라졌다. 어쩌다 먼 방에서 아이들의 목소리, 발소리가 들려왔다.

"당신이 당신의 얼굴을 가리시면, 그들은 당황해하옵니다."

시편을 읽는 소리가 울려 퍼졌다.

"당신이 그들의 숨을 거두시면 그들은 죽어 먼지로 돌아가옵니다. 당신이 당신의 숨을 보내시면 그들은 만들어지고 세상의 얼굴은 새로워지옵니다. 하느님의 영광이여, 영원하라."

고인의 얼굴은 엄숙하면서도 평온하고 위엄이 있어 보였다. 차갑고 깨끗한 이마, 굳게 다문 입술은 꼼짝도 하지 않았다. 고인은 바짝 긴장하여 듣고 있었다. 그러나 아무리 그렇다 하더라도 방 안에 울려 퍼지던 위엄 있는 말들을 과연 알아들었을까?

4

 한 달 후 고인의 무덤에는 조그만 석조 예배당이 세워졌다. 마부의 무덤에는 아직도 비석이 세워지지 않았고, 연초록빛 풀들만이 과거에 한 인간이 존재했음을 알리는 유일한 표지 역할을 하는 흙더미를 뚫고 솟아나 있었다.
 "세료가, 너 벌받아."
 한번은 식모가 역에서 말했다.
 "만약에 표도르 무덤에 비석을 사서 세워주지 않으면. 너 겨울에 하겠다고 노래 불렀지? 근데 지금도 약속을 안 지키잖어? 너 나 있는 자리에서 약속했었어. 아저씨가 벌써 꿈에 한 번 나타나서 비석을 사다 세워달라고 했잖어. 또 나타나서 목을 조를 거여."

"내가 뭘, 약속을 깬 것도 아닌디."

세료가가 대꾸했다.

"약속한 대로 비석을 살 거야요. 1루블 반짜리 비석을 살 거라니께요. 약속 안 잊어버렸어요. 이리 가져오는 게 문제지. 도시에 갈 기회가 있으면 사올 거고만요."

"근디 나무 십자가라도 하나 세우는 게 좋을 거여."

한 늙은 마부가 말했다.

"안 그러면 정말 나쁘제. 장화는 신고 다니잖어."

"어디서 십자가를 구해요? 장작을 깎아서 만들 수는 없잖어요?"

"뭔 소리여? 장작으로 못 만들면 도끼를 들고 아침 일찍 숲에 가봐. 깎을 게 천지일 겨. 물푸레나무 같은 걸 패. 근사한 게 만들어져. 안 그러면 감시인에게 보드카라도 한 잔 대접해야 혀. 근디 아무것도 아닌 일로 한 잔씩 대접하다간 다들 죽나. 그러니께 나도 요 얼마 전에 수레 채가 부서져서 나무를 팬 적이 있어. 그리갖고 팬찮게 하나 만들었는디, 암 소리 안 허드라고."

아침 일찍 노을이 번질 무렵 세료가는 도끼를 들고 숲으로 갔다.

사방에 아직 햇빛이 닿지 않아 차갑고 흐릿한 이슬방울이 내려앉아 있었다. 천천히 동녘이 밝아오고 있었고 엷은 구름이 얕게

드리운 하늘에는 희미한 빛이 번지고 있었다. 땅 위의 풀 한 포기, 높은 나뭇가지에 매달린 잎사귀 하나, 그 어느 것 하나도 움직이지 않았다. 다만 어쩌다 우거진 숲의 나무에서 새들이 내는 날갯짓 소리, 지표면을 따라 새들이 움직이며 내는 소리만이 숲의 정적을 깨뜨릴 따름이었다. 갑자기 숲 가장자리에서 자연에 생소한 이상한 소리가 울리다 멎었다. 그러다 다시 소리가 들렸고 이번에는 움직이지 못하는 나무들 중 한 나무의 밑둥 부근에서 규칙적으로 반복하여 들렸다. 한 나무 꼭대기가 심상치 않게 흔들리기 시작했고 물이 한껏 오른 이파리들은 뭔가 속삭였다. 그러자 가지에 앉아 있던 꾀꼬리 한 마리가 쩍쩍거리며 두어 번 날개를 퍼덕이다가 꼬리를 움츠리며 다른 나무로 건너가 앉았다.

나무 아래쪽을 패는 도끼 소리는 점점 둔탁해져갔고 수액을 머금은 하얀 나무 부스러기들은 이슬에 젖은 풀 위에 흩어졌다. 그리고 도끼가 힘차게 부딪칠 때마다 조금씩 우지직하고 소리가 났다. 나무는 밑둥부터 꼭대기까지 떨다가 비스듬히 기울고, 그러다 뿌리가 흔들리자 깜짝 놀라 황급히 똑바로 섰다. 순간 모든 게 조용해졌다. 그러나 다시 나무는 기울었고 줄기에서는 우지직하는 소리가 들려왔다. 그러다 가지와 잔가지가 부러지면서 나무는 꼭대기를 축축한 땅에 부딪치며 넘어졌다. 도끼 소리, 발소리도 멎었다. 꾀꼬리는 한 차례 쩍하고 울더니 높이 날아가버렸다. 꾀

꼬리의 날개가 닿은 나뭇가지는 잠시 흔들리다가 여느 이파리 많은 나뭇가지처럼 잠잠해졌다. 나무들은 넓어진 새 공간에서 한층 더 즐거워하며 움직이지 않는 가지들을 뽐냈다.

첫 햇살이 구름을 뚫고 하늘에서 잠시 빛나다가 이내 땅과 하늘 곳곳을 향해 달음박질했다. 안개는 연이어 골짜기를 파고들었고 이슬은 반짝이며 풀잎에서 뛰어놀았으며 투명한 흰 새털구름은 파란 하늘을 바삐 누볐다. 새들은 울창한 숲에서 바글대며 홀린 듯이 행복하다고 지저귀었다. 수액을 머금은 나뭇잎들은 꼭대기에서 기뻐하며 조용하게 속삭였고 살아 있는 나무들의 가지들은 베어져 죽은 나무 위에서 천천히 위엄 있게 흔들렸다.

주인과 하인.

1

70년대[1] 어느 해 니콜라이축제 다음 날인 12월 7일이었다. 교구에서는 축제가 한창이어서 여인숙 주인이자 제2길드 소속 상인인 바실리 안드레이치 브레후노프는 잠시도 자리를 비울 수 없었다. 그는 교회 집사여서 교회에 가봐야 했고 또 집에서는 친척과 친지들을 접대해야 했던 것이다. 바실리 안드레이치는 마지막 손님이 가자마자 오래전에 흥정해놓은 숲을 사기 위해 이웃 지주에게 갈 채비를 했다. 바실리 안드레이치는 시내 다른 상인들이 이익이 남는 이 거래를 가로채지 않도록 출발을 서둘렀다. 젊은 이웃 지주는 숲의 가격으로 1만 루블을 요구했는데 그건 순전히

[1] 1870년대.

바실리 안드레이치가 7,000루블을 제시했기 때문이었다. 사실 7,000루블은 제값의 3분의 1밖에 안 되었다. 바실리 안드레이치는 값을 더 깎을 수도 있었다. 왜냐하면 숲이 그의 구역에 있었고 그와 다른 동료 상인들은 오래전에 각자 남이 흥정하는 데 끼어들어 값을 올리지 말자고 합의했기 때문이다. 그렇기는 해도 현의 목재상들이 고랴치키노 숲의 가격을 흥정하러 오고 싶어 했기 때문에 그는 지체 없이 출발하여 지주와 숲 매입 건을 매듭짓기로 결심했다. 그래서 축제가 끝나자마자 그는 돈 궤짝에서 꺼낸 700루블에다 자신이 관리하던 교회 돈 2,300루블을 보태서 3,000루블을 만들었다. 그는 부지런히 돈을 세어 지갑에 넣은 후 출발을 서둘렀다.

이날 바실리 안드레이치의 하인들 중 유일하게 술에 취하지 않았던 니키타는 말을 매러 가고 있었다. 본래 술고래인 그가 이날 술을 마시지 않은 데는 이유가 있었다. 그는 축제가 시작되기도 전에 반코트와 가죽 장화를 저당 잡혀가면서까지 지독히 마셔댔다. 그러다 마침내 금주를 선언했고 벌써 두 달째 술을 입에 대지 않고 있었다. 그런 연유로 축제가 시작되어 이틀째 여기저기서 술을 마셔대는 바람에, 마시고 싶은 유혹이 강렬했을 텐데도 용케 잘 버티고 있었다.

니키타는 인근 마을 출신의 농부로 나이는 쉰 살가량이었다.

그는 사람들이 흔히 말하는 이른바 관리인은 아니었고 많은 시간을 집 안보다는 바깥에서 사람들과 어울리며 보냈다. 어딜 가든 사람들은 그의 부지런함과 일솜씨 그리고 힘을 높이 평가했고 특히 착하고 온순한 심성을 높이 샀다. 그럼에도 그는 그 어디에도 눌러앉아 살지 못했는데, 일 년에 두어 번 때로는 그 이상 옷가지를 팔아가면서까지 술을 마셨고 그때마다 행동이 거칠어지고 사람들에게 시비를 걸기 일쑤였기 때문이다. 바실리 안드레이치는 그를 몇 차례 내쫓았다가 다시 고용하곤 했는데 그건 그의 정직함, 동물에 대한 사랑을 높이 샀기 때문이기도 했지만 보다 큰 이유는 그의 임금이 싸다는 것이었다. 바실리 안드레이치는 니키타에게 비슷한 위치의 노동자가 받는 80루블 대신 40루블을 지급했다. 그나마 기분 내키는 대로 푼돈으로 주기 일쑤였고 또 현금 대신 비싸게 매긴 자기 가게의 물건을 가져가도록 했다.

  니키타의 아내 마르파는 한때 예쁘고 활달했던 여자인데, 어린 아들과 두 딸을 데리고 살림을 하면서도 니키타에게 집에 들어와 살라고 하지 않았다. 이유가 있었다. 하나는 다른 마을 출신 농부로, 통을 만들며 살아가던 세입자와 벌써 이십 년쯤 함께 살고 있기 때문이었고, 다른 하나는 술을 마시지 않을 때는 자기 말을 잘 듣지만 술만 들어가면 주사가 심한 남편이 무섭기 때문이었다. 언젠가 니키타는 술에 곤죽이 되어, 술을 마시지 않았을 때 아내

말을 고분고분 들었던 게 억울해서 분풀이를 하고 싶었던지 아내의 옷 궤짝을 부수고 가장 값비싼 옷들을 꺼내 다른 옷가지와 함께 도끼로 요절을 낸 적이 있었다. 자기가 번 돈을 죄다 아내가 가져가도 그는 아무런 토를 달지 않았다. 지금만 해도 축제 이틀 전에 마르파는 바실리 안드레이치에게 와서 흰 밀가루, 차, 설탕 그리고 보드카 8분의 1병 등 합계 3루블어치의 물품 외에 5루블을 현금으로 가져갔다. 그러면서 그녀는 각별한 호의를 베풀어준 데 대해 바실리에게 감사해했다. 그러나 바실리 안드레이치는 사실은 니키타에게 최소한 20루블가량 줄 게 있었다.

"자네와 나 사이에 계약 같은 건 한 적 없지?"

바실리 안드레이치가 니키타에게 말했다.

"필요한 게 있으면 가져다 써. 일해서 갚으면 되니까. 난 다른 사람들과는 달라. 기다리게 한 후 명세서를 내밀고는 벌금을 물리는 짓거리 따위는 안 해. 우린 정직을 신조로 하지. 나를 위해 일을 하면 나 몰라라 하는 법은 없다, 이 말씀이야."

바실리 안드레이치는 이렇게 말하면서 자신이 니키타에게 정말 은혜를 베풀고 있다고 믿어 의심치 않았다. 그는 이처럼 자신 있게 말할 줄 알았고 니키타를 비롯하여 그에게 금전적으로 매여 있는 이들은 모두 그가 자신들을 속이는 게 아니라 돌봐주고 있다고 그를 확신시켜주었다.

"압니다요, 바실리 안드레이치. 소인도 친아버지를 모시듯 잘하려고 애를 쓰고 있습지요. 암요, 알다마다요."

니키타가 대답했다. 그는 바실리 안드레이치가 자신을 속이고 있다는 것을 잘 알았다. 하지만 그렇다고 해서 그와 명세서를 놓고 따져봐야 부질없고, 다른 일자리가 있는 것도 아니어서 주는 대로 받을 수밖에 없다는 것 또한 알고 있었다.

주인에게서 말을 매라는 지시를 받고 니키타는 여느 때처럼 즐겁고 흥겹게 발을 똑바로 가볍게 움직이며 헛간으로 향했다. 그는 못에 걸려 있던, 술이 달린 무거운 가죽 굴레를 내려 재갈을 쩔렁거리며 닫힌 마구간을 향해 걸어갔다. 마구간에는 바실리 안드레이치가 매라고 지시한 말이 서 있었다.

"심심했지? 안 심심했어? 이 곰탱이."

니키타는 작은 마구간에 홀로 서 있던 중키에 온순하고 약간 엉덩이가 처진, 흑갈색 바탕에 누런 반점이 박힌 수말이 그를 맞이하며 내는 약한 소리에 답했다.

"자, 자! 시간은 충분해. 먼저 물을 마시게 해줄게."

그는 말을 알아듣는 존재와 얘기하듯이 말馬을 대했다. 그는 가운데가 홈통처럼 들어간 말의 토실토실한 등에 내려앉은 먼지를 외투 앞깃으로 닦아낸 후 젊고 잘생긴 말의 머리에 굴레를 씌웠다. 그는 말의 귀와 앞 갈기를 쓸어주었다. 이어서 재갈이 없는 고삐를 벗긴 후 물을 먹이러 끌고 나갔다.

거름이 많이 쌓인 마구간을 조심스럽게 빠져나오며 점박이말은 자신과 함께 우물을 향해 걷던 니키타를 걷어차려는 것처럼 장난스럽게 뒷발질을 했다.

"어이구, 어이구, 요놈 보게!"

니키타가 말했다. 그는 점박이가 그를 걷어차려는 게 아니라 기름투성이인 그의 반코트만 살짝 건드리기 위해 조심하는 걸 잘 알고 있었다. 점박이의 그런 버릇을 그는 특히 좋아했다.

차가운 물을 실컷 마신 후 말은 투명한 물방울이 뚝뚝 떨어지는 두툼한 입술을 부르르 떨고, 무슨 생각을 하는지 꼼짝도 하지 않았다. 그러다 다시 거세게 콧김을 내뿜었다.

"싫으면 안 마셔도 돼. 대신 나중에 더 달라고 하는 건 없기다."

니키타는 정색을 하며 신중하게 점박이에게 자신의 방식을 알려주었다. 그리고 흥에 겨워 뒷발질을 해대며 온 뜰에 말굽 소리를 울리는 젊은 말의 고삐를 잡고 다시 헛간을 향해 걸어갔다.

일꾼은 아무도 없었다. 축제 때문에 온 요리사의 남편만 있었는데 그나마 낯선 얼굴이었다.

"보시게, 착한 양반, 가서 좀 물어보고 오시게."

니키타가 그에게 말했다.

"널찍하고 큰 썰매와 작은 썰매 중 어떤 것을 준비해야 하는가 말일세."

요리사의 남편은 바닥을 높이고 철 지붕을 얹은 집 안으로 들어가더니 이내 작은 썰매를 매라는 지시를 가지고 돌아왔다. 그동안 니키타는 이미 말에게 멍에를 지우고 리벳이 촘촘히 박힌 뱃대끈[2]을 매었고 등에는 모포를 얹었다. 그런 후 한 손으로는 칠이 된 가벼운 멍에를 들고 다른 한 손으로는 말을 끌며 헛간 근처에 있던 두 대의 썰매에 다가갔다.

"그래 작은 거, 작은 걸로 하는 거야."

그는 이렇게 말하며 줄곧 자신을 무는 시늉을 하던 말을 썰매 채 안으로 들어가게 한 후 요리사 남편의 도움을 받아 썰매에 매기 시작했다.

작업이 거의 끝나고 고삐를 채우는 일만 남자 니키타는 요리사의 남편에게 헛간에 가서 짚을, 창고에 가서 거친 모포를 가져다 달라고 부탁했다.

"이제 됐다. 자, 자, 털 그만 세워!"

니키타는 요리사의 남편이 가져다준 갓 탈곡한 귀리 짚을 썰매 안에 깐 후 밟아 다지면서 말했다.

"이제 아마포를 깔고 그 위에 막베 자루를 덮는 거야. 그렇지,

---

2 말의 배에 두르는 가죽띠.

그래, 이러면 앉기가 편할 거야."

그는 좌석 주위의 짚을 막베 자루로 덮으며 말했다.

"고맙네, 친구."

니키타는 요리사의 남편에게 말했다.

"둘이 하면 훨씬 빠르지."

니키타는 이렇게 말하고 고리로 고삐 끝을 연결했다. 그런 후 마부석에 올라 출발하지 못해 안달이 난 말을 부려서 얼어붙은 뜰의 거름 더미를 지나 대문 쪽으로 갔다.

"니키타 아저씨, 아저씨, 저 아저씨!"

까만 반코트에 따뜻한 모자를 쓰고 흰 새 장화를 신은 일곱 살 먹은 사내아이가 현관에서 마당으로 뛰쳐나오며 그를 향해 가냘 픈 목소리로 외쳤다.

"저 좀 태워주세요."

아이는 뛰는 도중 코트의 단추를 채워가며 애원했다.

"그래, 그래, 어서 오너라, 아가야."

니키타가 말했다. 그는 썰매를 멈추고 기뻐 어쩔 줄 모르는 창백하고 마른 주인댁 도련님을 태운 후 거리로 나갔다.

두시가 지나고 있었다. 추운 날씨였다. 영하 10도에 구름이 끼었고 바람이 불었다. 하늘에는 절반쯤 먹구름이 낮게 드리워져 있었다. 하지만 정작 뜰 안은 고요했다. 거리에서는 바람이 점차 거세지고 있었다. 옆집 헛간 지붕에서 눈이 흩날렸고 목욕탕 건물 근처의 길모퉁이에서는 회오리바람이 불었다. 니키타가 대문을 통과해서 현관 출입구를 향해 말을 모는 순간 바실리 안드레이치가 양가죽 코트를 입고 허리를 단단히 묶은 후 담배를 입에 물고 현관에서 걸어 나왔다. 가죽을 덧댄 장화 밑창 아래에서 눈이 뽀드득 소리를 냈다. 바실리 안드레이치는 현관 계단을 내려와 걸음을 멈췄다. 그는 담배를 깊이 빨아들이더니 이내 던지고 발로 짓이겼다. 그런 후 콧수염 사이로 연기를 내뿜으며 달려 나가는 말을 힐끗 바라보았다. 그는 내쉬는 숨에 모피가 젖지 않도록 콧수염만 빼고 말끔히 면도를 한 불그레한 얼굴을 싸고 있던 가죽 코트의 양쪽 깃을 바깥쪽으로 밀었다.

"요것 봐라, 욘석이 벌써 한 건 했네!"

그는 썰매에서 아들을 발견하고 말했다. 바실리 안드레이치는 손님들과 같이 마신 포도주로 인해 마음이 들떠 있었다. 뿐만 아니라 자신이 가진 모든 것, 자신이 일궈놓은 모든 것에 여느 때보다 더 흡족해했다. 그가 항상 마음속으로 자신의 후계자로 지명해놓고 있던 아들의 모습은 지금 큰 만족감을 안겨주었다. 그는 눈을 가늘게 뜨고 긴 이를 드러내며 자식을 바라보았다.

머리며 어깨를 모직 숄로 감싸 눈만 보이는 바실리 안드레이치의 아내가 남편을 배웅하며 남편 뒤 현관에 서 있었다. 그녀는 아이를 가졌고 창백한 얼굴에 가냘픈 몸매를 지니고 있었다.

"정말이에요, 니키타를 데려가야 해요."

그녀는 쭈뼛쭈뼛 문 뒤에서 걸어 나오며 말했다.

바실리 안드레이치는 대꾸하지 않고 그녀의 말에 기분이 상한 듯 험악하게 얼굴을 찌푸리며 침을 뱉었다.

"돈도 가지고 가세요."

아내가 계속해서 애절한 목소리로 말했다.

"날씨도 안 좋을 수 있잖아요, 정말이에요."

"뭐야, 내가 길을 모르나, 누굴 꼭 데려가게?"

바실리 안드레이치는 물건을 매매하는 이들을 대할 때 으레 그러듯이 입술에 부자연스럽게 힘을 주어 음절을 하나하나 유난히 또박또박 발음하며 말했다.

"정말이에요, 데려가야 해요. 제발 부탁이에요."

아내는 숄을 고쳐 쓰면서 되풀이해 말했다.

"참말로 찰거머리 같구먼……. 그래 어딜 데리고 가란 말이야?"

"바실리 안드레이치, 소인은 준비됐습니다."

니키타가 흥겹게 말했다.

"근데요, 소인이 없을 때 말들을 좀 잘 먹여주시면 좋겠습니다요."

그는 여주인을 바라보며 덧붙였다.

"니키투슈카, 그렇게 할게, 세몬에게 그렇게 하라고 할게."

여주인이 말했다.

"그럼 출발할깝쇼, 바실리 안드레이치?"

"부인 말씀을 들어야 할 것 같구먼. 떠나려면 뭐든 좀 따뜻하게 입도록 해."

바실리 안드레이치는 양쪽 겨드랑이 아래며 등 그리고 옷자락이 술처럼 너덜너덜하게 해지고 기름때가 잔뜩 묻은 니키타의 반코트를 한쪽 눈을 찌푸리며 바라보고는 말했다.

"이보게, 이리 와서 말 좀 붙들고 있게!"

니키타는 뜰에 있던 요리사 남편을 향해 외쳤다.

"내가 할래, 내가 할래!"

소년이 호주머니에서 빨갛게 언 손을 꺼내 차가운 가죽 고삐를 잡으며 보챘다.

"자넨 빨랑 가서 외투나 단단히 껴입고 와!"

바실리 안드레이치는 니키타를 향해 이를 드러내고 싱긋 웃으며 말했다.

"금방 오겠습니다요, 바실리 안드레이치."

니키타는 이렇게 말하고 나서 밑창을 펠트로 댄 장화 속의 발가락을 움츠리고 재빨리 뜰에 있는 작업실로 쓰는 농가로 달려갔다.

"어이, 아리누슈카, 벽난로 위에 있는 내 외투 좀 줘. 주인님 모시고 다녀올 데가 있어!"

니키타는 집 안에 뛰어들어 못에 걸려 있던 혁대를 집어들며 말했다.

점심을 먹고 충분히 잠을 잔 후 조금 전 남편을 위해 찻주전자를 올려놓은 요리사는 반갑게 니키타를 맞았다. 니키타가 서두르자 그녀 또한 덩달아 부지런히 움직이며 벽난로 위에서 마르고 있던 낡고 형편없는 품질의 나사 코트를 내려 황급히 털고 부드러워지게 비비기 시작했다.

"낭군님 모시고 걸으면서 바람 좀 쏘이셔."

니키타는 단둘이 얘기를 나눌 때면 상대방을 항상 친절하고 다정히 대하는 버릇이 있었는데 지금 요리사에게도 그랬다.

그는 가는 혁대를 허리에 두른 후 홀쭉한 배를 집어넣고 털 반코트가 몸에 잘 달라붙도록 혁대를 꼭 조였다.

"그래, 이렇게 하면."

그는 이렇게 말한 후 요리사 대신 혁대를 보며 혁대의 양쪽 끝을 허리춤에 찔러 넣었다.

"빠지지 않을 거야."

그런 후 그는 양팔이 헐거워지도록 양쪽 어깨를 올렸다 내렸다. 그리고 나서 허리를 펴고 반코트 위에 얇고 긴 코트를 또 입었다. 그러면서 양손이 자유롭도록 양쪽 겨드랑이 아래를 툭툭 쳤다. 그런 후 선반에서 벙어리장갑을 집어 들었다.

"이제 됐다."

"저 말이에요, 스테파느이치, 양말을 갈아 신는 게 어때요? 장화도 안 좋으니까요."

요리사가 말했다.

니키타는 뭔가 생각난 듯 멈칫했다.

"그래야 되겠지……. 그렇지만 멀리 안 가니까 괜찮아!"

그런 후 그는 뜰로 달려갔다.

"그렇게 입고 안 춥겠어, 니키투슈카?"

그가 현관 가까이 오자 여주인이 물었다.

"춥기는요, 따뜻합니다요."

니키타는 자신의 발을 덮기 위해 썰매 앞부분의 짚을 끌어 모으며 대답했다. 그는 순한 말에게는 사용할 필요가 없지만 어쨌든 채찍을 짚 아래에 쑤셔 넣었다.

바실리 안드레이치는 두 겹으로 외투를 껴입고 휜 등받이에 등을 기댄 채 이미 썰매에 앉아 있었다. 그는 고삐를 당기고 말을 출발시켰다. 니키타는 달려가다 썰매 왼쪽으로 뛰어올라 앉은 후 한쪽 발을 밖으로 내밀었다.

주인과 하인

2

 순한 말은 썰매의 미끄럼대가 삐걱거리며 내는 경쾌한 소리와 더불어 썰매를 끌고 얼어붙은 후 잘 다져진 길을 기운차게 달렸다.
 "어딜 따라붙으려는 거냐? 니키타, 채찍 좀 이리 줘봐!
 바실리 안드레이치는 미끄럼대 뒷부분에 엉거주춤 앉아 있던 자신의 후계자를 보고 즐거워하며 외쳤다.
 "잡았다! 우리 강아지, 어서 엄마한테 가거라."
 소년이 뛰어내렸다. 점박이 말은 속도를 올리더니 별안간 속보로 달리기 시작했다.
 크레스트이 마을에는 바실리 안드레이치의 집을 포함하여 총 여섯 채의 가옥이 있었다. 이 중 마지막 집인 대장장이의 오두막

집을 지나오자마자 그들은 바람이 생각보다 훨씬 강함을 깨달았다. 길은 어느덧 거의 보이지 않았다. 썰매가 지나간 뒤 남게 마련인 미끄럼대 자국 또한 지나가는 즉시 사라져버렸다. 그나마 길을 구별할 수 있었던 것은 순전히 길이 양쪽 가장자리보다 높았기 때문이었다. 온 들에 눈보라가 휘몰아쳐 하늘과 땅을 나누는 지평선조차 보이지 않았다. 항상 잘 보이던 텔랴틴 숲마저 눈보라 사이로 멀리서 거무스레하게 보일 뿐이었다. 바람은 왼쪽에서 불어와 점박이 말의 윤기 나는 목의 갈기는 물론 간단히 끈으로 묶은 빽빽한 꼬리털까지도 쉴 새 없이 한쪽으로 몰아세웠다. 니키타는 바람을 옆으로 맞으며 앉아 얼굴과 코를 외투 깃에 파묻었다.

"말이 제 실력을 발휘하지 못하네, 눈이 너무 많이 와."

자신의 말을 은근히 자랑하며 바실리 안드레이치가 말했다.

"얘를 타고 파슈티노에 간 적이 있었지. 삼십 분 만에 도착하더라고."

"예?"

외투 깃에 귀가 묻혀 제대로 듣지 못하고 니키타가 물었다.

"파슈티노에 말이야, 삼십 분 만에 갔다, 이 말이야."

바실리 안드레이치가 외쳤다.

"두말하면 잔소리지요, 착한 말입니다!"

니키타가 말했다.

침묵이 흘렀다. 바실리 안드레이치는 말하고 싶은 충동을 느꼈다.

"저 말이야, 자네 마누라에게 통 제조공[2]에게 술을 주지 말라고 분부는 했나?"

바실리 안드레이치는 자신처럼 유명하고 똑똑한 인사와 얘기를 한다는 게 니키타에게는 황송할 것이라는 걸 조금도 의심하지 않았다. 또 이런 종류의 대화가 니키타에게 불쾌할 수도 있다는 건 꿈에도 생각하지 못했다. 그래서 그는 자신의 농담에 흡족해하면서 큰 소리로 말했다.

그러나 니키타는 바람 소리 때문에 다시 주인의 말을 제대로 듣지 못했다.

바실리 안드레이치는 통 제조공에 대한 농담을 다시 한 번 큰 소리로 늘어놓았다.

"그 사람들에겐 관심 없습니다요, 바실리 안드레이치. 제가 상관할 일이 아닙니다요. 어린 자식 놈의 기만 죽이지 않으면 괜찮아요."

"그건 그래."

바실리 안드레이치가 말했다.

---

[2] 즉, 니키타의 아내와 동거하는 남자.

"근데 말이야, 자네 봄쯤 돼서 말 한 마리 사야 되겠지?"

그는 새로운 이야깃거리를 끄집어냈다.

"그래야 되겠지요."

외투 깃을 접고 주인을 향해 몸을 뒤로 젖히며 니키타가 대답했다.

니키타는 이제야 비로소 대화에 재미를 느껴 한마디도 빠뜨리지 않고 듣고 싶어 했다.

"자식 놈이 다 컸으니 경작할 땅이 필요하지요. 그런데 우리는 모두 땅을 부쳐 먹지 않았습니까."

그가 말했다.

"저 말이야, 엉덩이가 쭉 빠진 걸 고르게나, 비싸게 부르지 않겠네."

바실리 안드레이치는 기운이 솟구치는 걸 느끼며 자신이 온 정신을 쏟고 있던 일, 바로 말 매매를 끄집어냈다.

"그럼 말이죠, 한 15루블쯤 줘보십쇼, 말 시장에서 사게요."

니키타는 바실리 안드레이치가 자신에게 팔고 싶어 하는 말의 가격으로 7루블이면 훌륭하지만 정작 자신에게 말을 넘긴 후에는 25루블로 계산할 거고 그럴 경우 반년가량은 돈을 일절 주지 않을 거라는 사실을 잘 알고 있었다.

"좋은 말이야. 나라도 갖고 싶은 말이야. 정말이야. 브레후노프는 그 누구도 섭섭하게 하지 않아. 차라리 내가 손해보고 말지, 남이 손해보는 건 못 보네. 정말이라고."

그는 사는 이, 파는 이들을 속여넘기던 바로 그 목소리로 목청을 돋우어 말했다.

"끝내주는 말이라고!"

"그렇지요."

니키타는 한숨을 쉰 후 말했다. 그리고 더 이상 들을 필요가 없다고 확신한 후 한 손으로 외투 깃을 세웠고 얼굴과 귀는 이내 외투 깃에 묻혔다.

그들은 삼십 분가량 그렇게 말없이 썰매를 타고 갔다. 바람은 너덜너덜한 니키타의 외투 옆자락과 소매로 사정없이 파고들었다.

니키타는 몸을 움츠린 후 입을 가린 외투 깃에 대고 숨을 쉬었다. 그러자 추위가 좀 가셨다.

"자네 생각은 어떤가? 카라므이세보를 거쳐 갈까? 아니면 곧장 갈까?"

바실리 안드레이치가 물었다.

카라므이세보를 경유한다면 표지판이 두 줄로 난 보다 왕래가 빈번한 길을 이용하는 걸 의미했지만 더 멀었다. 곧장 간다면 보다 가까웠지만 길에 왕래가 뜸할 뿐 아니라 표지판도 제대로 되어 있지 않거나 눈에 가려 보이지 않았고 심지어 아예 없는 경우도 있었다.

니키타는 잠시 생각에 잠겼다.

"카라므이세보를 거쳐 가는 게 좀 멀어도 가기에는 낫겠는뎁쇼."

이윽고 그렇게 대답했다.

"근데 말이야, 길을 잃지 않고 협곡을 통과해서 곧장 갈 수만 있다면 좋을 거야. 숲을 가로질러 가는 게 근사하거든."

곧장 가는 걸 선호하는 바실리 안드레이치가 말했다.

"나리 뜻대로 하십시오."

니키타는 이렇게 말하고 다시 외투 깃을 세웠다.

바실리 안드레이치는 그렇게 하기로 하고 반베르스타가량 더 말을 몰았다. 썰매는 마른 나뭇잎을 몇 장 매단 채 바람에 흔들리던 키 큰 참나무 가지를 스쳐 지나 왼쪽으로 방향을 틀었다.

그러자 바람이 거의 정면에서 불어왔고 눈도 내리기 시작했다. 바실리 안드레이치는 볼을 부풀린 후 콧수염 아래로 숨을 내뿜었다. 니키타는 졸고 있었다.

그들은 말없이 그렇게 십 분쯤 더 갔다. 갑자기 바실리 안드레이치가 뭐라고 한마디 했다.

"예?"

니키타가 눈을 뜨며 물었다.

바실리 안드레이치는 대답 대신 몸을 숙여 자신의 뒤쪽과 말의 앞쪽을 번갈아가며 보았다. 말은 사타구니와 목의 털이 땀에 젖어 말려 올라간 채 저벅저벅 걷고 있었다.

"무신 일입니까요? 예?"

니키타가 다시 물었다.

"무신 일입니까요, 무신 일입니까요!"

바실리 안드레이치가 성난 목소리로 그를 흉내 냈다.

"표지판이 안 보여! 길을 잃어버린 게 틀림없어!"

"그럼 멈추십쇼, 소인이 찾아보겠습니다요."

니키타가 말했다. 그는 썰매 밖으로 가볍게 뛰어나와 짚 더미 아래에서 채찍을 꺼내 든 후 자신이 앉아 있던 곳에서 왼쪽으로 갔다.

올해는 눈이 그다지 많이 내리지 않아 어디든 갈 수 있었다. 그렇다 해도 눈이 무릎까지 쌓인 곳도 있어 니키타의 장화 속으로 눈이 들어갔다. 니키타는 양발과 채찍을 사용해 더듬더듬 길을 찾아 헤매었지만 길은 도무지 나타나지 않았다.

"그래 어떤가?"

니키타가 썰매를 향해 다가오자 바실리 안드레이치는 물었다.

"이쪽은 길이 없습니다요. 다른 쪽을 살펴봐야겠습니다요."

"저기 앞에 뭔가 거무스름한데, 가서 살펴봐."

바실리 안드레이치가 말했다.

니키타는 다른 쪽으로 가서 거무스름한 것에 다가갔다. 그것은 가을에 씨를 뿌려 싹이 튼 귀리가 말라비틀어진 채 눈 위에 흐트러져 거무스름하게 변한 것이었다. 니키타는 오른쪽도 살펴본 후 썰매로 돌아왔다. 그는 외투와 장화에 달라붙은 눈을 털어내고 썰매에 올랐다.

"오른쪽으로 가야 합니다."

그는 단호한 어조로 말했다.

"아까는 바람이 왼쪽에서 불어왔는데 지금은 얼굴을 정면으로 때립니다요. 오른쪽으로 가시지요!"

니키타는 힘주어 말했다.

바실리 안드레이치는 그의 말을 듣고 오른쪽으로 방향을 잡았다. 그러나 길은 여전히 보이지 않았다. 그들은 그렇게 얼마간 나아갔다. 바람은 약해지지 않았고 눈도 계속 내렸다.

"저 바실리 안드레이치, 우리 말입니다, 길을 완전히 잃어버린 것 같습니다요."

별안간 니키타가 마치 흐뭇한 듯 말했다.

"어, 근데 저건 뭐지?"

그는 눈 아래로 불거져 나온 거무튀튀한 감자 덩굴을 가리키며 말했다.

바실리 안드레이치는 땀에 흠뻑 젖어 간신히 몸을 가누며 걷던 말을 세웠다.

"왜, 뭐야?"

그가 물었다.

"자하로프 영지에 왔습니다요. 우리가 어떻게 들어왔는지 한 번 보십시오!"

"거짓말이지?"

바실리 안드레이치가 말했다.

"소인은 거짓말 안 합니다요. 참말입니다요."

니키타가 말했다.

"썰매가 감자밭을 훑고 가고 있습니다요. 소리로 알 수 있습지요. 아, 저기 감자 덩굴 무더기도 있네요. 자하로프 공장 부지입니다요."

"젠장, 어쩌다 길을 잃었지?"

바실리 안드레이치가 물었다.

"이제 어쩐다?"

"곧장 가는 겁니다요. 그러면 어디론가 나가게 될 겁니다."

니키타가 말했다.

"자하로프가 아니면 어느 나리 댁의 영지로 말입니다."

바실리 안드레이치는 그 말을 믿고 말을 몰았다. 꽤 먼 거리를 갔다. 이따금 헐벗은 밭을 지날 때 썰매날 아래로 얼어붙은 땅이 바스러지는 소리를 냈다. 때로 가을갈이, 봄갈이에 쓰이는 수확이 끝난 밭을 지날 때는 눈 사이로 보이는 쑥이며 지푸라기가 바람에 흔들렸다. 그런가 하면 또 깊이 쌓여 온통 흰 눈 천지인 곳도 지났는데 그곳은 지표면에 아무것도 보이지 않았다.

눈은 머리 위로 내렸지만 때로는 발아래로부터도 솟구쳐 올라왔다. 말은 기진맥진한 채 털이 땀에 흠뻑 젖어 돌돌 말리고 하얗게 서리가 덮인 채 천천히 걸었다. 그러다 갑자기 고꾸라지더니 웅덩이인지 도랑인지에 빠졌다. 바실리 안드레이치가 멈추려 하자 니키타가 고함을 질렀다.

"왜 멈추시는 겁니까요? 빠졌으니 빠져나와야죠. 자자, 착하지, 그렇지! 바로 그거야, 이 친구야."

그는 썰매에서 뛰어내려 도랑으로 들어가며 활기 넘치는 목소리로 말에게 말했다.

말은 있는 힘을 다해 도랑을 빠져나와 꽁꽁 언 둑에 올라섰다. 그러고 보니 도랑은 사람들이 파서 만든 것 같았다.

"대체 여기가 어딘가?"

바실리 안드레이치가 물었다.

"알게 되겠지요, 뭐!"

니키타가 대답했다.

"좀 더 가면 어딘가 나올 겁니다요."

"고랴치키노 숲이 틀림없지?"

바실리 안드레이치가 자신들의 앞 눈 속에 보이는 뭔가 거무스레한 것을 가리키며 물었다.

"가까이 가면 어떤 숲인지 알 수 있을 겁니다."

니키타가 대답했다.

니키타는 거무스레한 것 옆에 약간 길고 메마른 버드나무 가지에 달린 이파리들이 흔들리고 있는 것을 보았다. 또한 그것이 숲이 아니라 마을이라는 걸 알았지만 사실대로 얘기하고 싶지 않았다. 사실 그들이 거무스레한 것, 아마도 나무를 본 것은 도랑에서 10사젠[3]도 못 와서였고 여기서 뭔가 낯선 애절한 소리가 들려왔다. 니키타의 추측은 옳았다. 그건 숲이 아니라 줄지어 늘어선 키가 큰 버드나무들이었고 이 중 어떤 것에는 아직도 나뭇잎이 매달려 이리저리 흔들리고 있었다. 버드나무들은 탈곡장의 도랑을 따라 심긴 것 같았다. 말은 바람에 휘날리며 처량하게 윙윙 소리를 내는 버드나무 근처에 오자 갑자기 앞발을 썰매보다 높이 쳐들고 앞으로 내달렸다. 그러곤 뒷발로 제방을 박차더니 왼쪽으로 방향을 바꾸었다. 그러자 무릎까지 눈에 파묻히는 일은 더 이상 없었다. 길에 들어선 것이다.

---

[3] 1사젠은 약 2.13미터.

"다 왔습니다요."

니키타가 말했다.

"근데 어딘지는 모르겠습니다요."

말은 주저하지 않고 눈 덮인 길을 따라 걸었다. 40사젠을 갔을 때 헛간의 쭉 뻗은 나뭇가지 울타리가 거무스름하게 자태를 드러냈고 두텁게 눈이 쌓인 지붕에서는 쉴 새 없이 눈발이 흩날렸다. 헛간을 돌아가자 맞바람이 불어왔고 눈 더미가 앞을 가로막았다. 그러자 눈앞에 집 사이로 난 골목길이 펼쳐졌다. 그러고 보니 눈 더미는 바람이 만든 게 틀림없었는데, 그것을 지나갈 수밖에 없었다. 눈 더미를 지나가니 거짓말같이 거리가 나타났다. 마을의 끝 집 마당에서는 빨랫줄에 널린 꽁꽁 얼어붙은 빨래, 즉 붉은색과 흰색의 루바슈카, 바지, 각반 그리고 치마가 사정없이 바람에 휘둘리고 있었다. 그중에서도 흰 루바슈카는 소매를 펄럭이며 유난히 심하게 휘날리고 있었다.

"명절을 앞두고 빨래를 걷지 않은 걸 보니 여편네가 게을러터졌나 봅니다요. 아니면 죽었든가."

니키타가 펄럭이는 빨래를 보며 말했다.

3

　거리 입구에는 여전히 바람이 불었고 길에는 눈이 쌓여 있었다. 하지만 마을 가운데에 이르자 조용하고 따뜻해졌다. 덩달아 기분까지 좋아졌다. 한 집 마당에서는 개 한 마리가 짖어댔고 다른 집에서는 반코트를 머리에 덮어쓴 아낙네가 어딘가에서 달려 나와 농가의 문을 열고 들어갔다. 그녀는 문턱에 서서 니키타 일행을 지켜봤다. 마을 한가운데에서 여자아이들이 부르는 노랫소리가 들려왔다.
　마을 안쪽은 바람, 눈 그리고 추위가 덜한 것 같았다.
　"여기가 그리슈키노 맞지."
　바실리 안드레이치가 말했다.

"맞습니다요."

니키타가 맞장구를 쳤다.

그랬다. 거기는 그리슈키노였다. 그건 그들이 너무 왼쪽으로 가서, 원래 가고자 하는 방향으로부터는 약 8베르스타쯤 어긋났음을 의미했다. 그렇긴 해도 목적지에는 근접했다. 고랴치키노는 그리슈키노에서 약 5베르스타 거리에 있었다. 그들은 마을 한가운데서 길 한복판을 걷고 있던 키 큰 사람과 마주쳤다.

"뉘시오?"

그 사람은 말을 세우면서 물었다. 그리고 바실리 안드레이치를 알아보더니만 썰매채를 잡고 손잡이를 더듬더니 이내 썰매에 이르러 마부석에 올라탔다.

그는 인근에서 솜씨 좋은 '말 도둑'으로 유명한 농부 이사이로서 바실리 안드레이치도 그를 잘 알고 있었다.

"아, 바실리 안드레이치! 어쩐 일로 예까지 납시었사옵니까?"

니키타에게 보드카 냄새를 풍기면서 이사이가 말했다.

"고랴치키노에 가는 길일세."

"저런, 길을 잘못 드셨구려! 말라호보에 가셨어야 하는데."

"맞네. 근데 그리 못 했네."

말을 세우며 바실리 안드레이치가 말했다.

"참 좋은 말입니다그려."

말을 살펴보다 숱이 많은 꼬리털을 묶은 느슨해진 매듭을 익숙한 솜씨로 잡아당기며 이사이가 말했다.

"근데 어쩌시렵니까? 주무시고 가야지요?"

"아닐세, 가야 되네."

"어쩔 수 없나 보군요. 근데 이게 뉘셔? 니키타 스테파느이치가 아닌가!"

"아님 누구겠어?"

니키타가 말을 받았다.

"이보게, 근데 어떡하면 여기서 다시 길을 잃고 헤매지 않겠는가?"

"여기서 헤맬 데가 어디 있는가! 온 길을 되돌아가서 거리를 따라 똑바로 가게. 거리를 벗어나거든 곧장 일직선으로 가. 왼쪽으로는 가지 말게. 큰길이 나올 걸세. 거기서 우회전하면 되네."

"큰길에서 방향을 바꾸라고? 어떻게? 여름식? 아니면 겨울식으로?"

니키타가 물었다.

"겨울식으로. 그러니까 말이야, 거리를 벗어나자마자 덤불이 나올 걸세. 덤불 맞은편에 이정표가 하나 있네. 크고 가지가 무성한 참나무인데 거기서 방향을 바꾸면 돼."

바실리 안드레이치는 말 머리를 돌려 마을 외곽을 가로질러 갔다.

"주무시고 가면 좋은데!"

뒤에서 이사이가 외쳤다.

그러나 바실리 안드레이치는 대꾸도 하지 않고 말을 다독였다. 5베르스타쯤 되는 평지 중에서 2베르스타는 숲이었는데 마침 바람이 멎고 눈이 그친 듯해서 통과하기가 수월했다.

그들은 다시금 잘 다져지고 여기저기 새 거름이 가뭇가뭇 흩뿌려진 길을 따라 거리를 지났고 이어서 마당에 꽁꽁 언 흰 루바슈카와 빨래가 널려 있던 집 옆을 지나갔다. 그들은 다시 섬뜩하게 윙윙거리는 버드나무들을 향해 나아가 이내 탁 트인 벌판에 도달했다. 눈보라는 잠잠해지기는커녕 더 심해진 것 같았다. 길은 온통 눈으로 덮여 있었다. 이정표들만이 그들이 길을 잃지 않았음을 말해주었다. 그렇지만 앞에 있는 이정표들마저 거센 맞바람 때문에 제대로 알아보기가 힘들었다.

바실리 안드레이치는 눈을 가늘게 뜨고 고개를 숙여 이정표들을 살펴보았다. 그러나 자신의 눈에 의지하기보다는 말고삐를 늦추어 말의 방향감각에 더 희망을 걸었다. 그러자 말은 정말로 길에서 벗어나지 않고 걸어갔다. 발굽 아래 땅바닥을 느끼며 길의 굴곡에 따라 때로는 오른쪽, 때로는 왼쪽으로 방향을 바꾸어가며 걸었다. 그렇기 때문에 눈이 더 쏟아지고 바람이 거세져도 이정표들은 왼쪽, 오른쪽에 계속 나타났다.

그들은 그렇게 십 분가량 나아갔다. 그때 갑자기 눈보라를 맞아 삐뚜름해진 눈가리개 사이로 뭔가 시커먼 것이 말 앞에 보였다. 여행자들이었다. 점박이는 그들을 따라잡아 발굽으로 앞에서 달리던 썰매의 뒷부분을 건드렸다.

"지나가쇼……. 어이…… 앞질러 가쇼!"

썰매 안에서 소리가 들려왔다.

바실리 안드레이치는 앞질러 가기 시작했다. 썰매에는 농부 세 사람과 아낙네 한 사람이 타고 있었다. 명절을 쇠고 돌아가는 모양이었다. 농부 한 사람은 긴 나뭇가지로 눈 덮인 말의 엉덩이를 연신 때리고 있었고, 다른 두 농부는 앞에 앉아 손짓을 해가며 뭐라고 소리를 질러댔다. 아낙네는 온몸에 눈을 뒤집어쓴 채 뒤에 웅크리고 앉아 꼼짝도 하지 않았다.

"어느 마을에서 왔소?"

바실리 안드레이치가 물었다.

"아…… 마을이요!"

대답이 희미하게 들려왔다.

"어느 마을이라고?"

"아, 아 마을이라고!"

농부들 중 하나가 있는 힘을 다해 소리 질렀다. 그래도 무슨 말인지 못 알아듣긴 매한가지였다.

"어서 가자! 멈추지 마라!"

나뭇가지로 연신 말 궁둥이를 때리며 다른 농부가 외쳤다.

"명절 쇠고 오시나 봐?"

"가쇼, 가! 셈카, 어서 가자! 앞지르자! 어서 가자!"

그러자 두 썰매는 날이 곧장이라도 뒤엉킬 것같이 서로 부딪쳤다. 그러다 거리가 벌어져 이윽고 농부들의 썰매가 뒤처지기 시작했다.

눈을 잔뜩 뒤집어쓴 농부들의 털북숭이 말은 배가 불룩했고 낮게 맨 멍에에 눌려 연신 가쁜 숨을 토해냈다. 말은 후려치는 나뭇가지를 피하려 안간힘을 썼지만 부질없는 짓이었다. 말은 짧은 다리를 절뚝거리며 쌓인 눈을 헤치고 나아갔다. 젊은 말은 물고기처럼 아랫입술을 바짝 끌어당기고 코를 벌름거리며 겁에 질려 귀를 납작하게 붙인 채 몇 초가량 니키타의 어깨에 닿을 듯 말 듯 다가왔다가 이내 뒤처졌다.

"저거 술 때문이에요."

니키타가 말했다.

"쬐그만 말을 아주 죽이네요. 아시아인[4]들은 어쩔 수 없다니까!"

고통을 당하는 말이 콧구멍으로 토해내는 가쁜 숨소리, 술 취

---

[4] 제정 러시아에서 아시아인은 타타르인과 더불어 '야만'과 '잔인함'의 대명사로 간주되었음.

한 농부들이 질러대는 고함 소리가 몇 분간 더 들려오더니 이내 잠잠해졌다. 귀를 때리는 바람 소리, 어쩌다 쌓인 눈이 바람에 날려가버린 도로 표면에 썰매날이 닿아 희미하게 찌익찌익 나는 소리를 빼곤 아무 소리도 들리지 않았다.

이 만남은 바실리 안드레이치에게 즐거움과 활력을 주었다. 그래서 그는 도로 표지판을 무시하고 말에 의존해 말을 보다 거세게 몰았다.

니키타로서는 할 일이 없었다. 그래서 그런 상황에선 늘 그래왔듯이 부족한 잠을 보충하느라 끄덕끄덕 졸았다. 그러다 갑자기 말이 멈추는 바람에 하마터면 앞으로 코를 박고 쓰러질 뻔했다.

"또 잘못 왔나 보네."

바실리 안드레이치가 말했다.

"예? 뭐라굽쇼?"

"도로 표지판이 안 보여. 또다시 길을 벗어난 게 틀림없어."

"길을 벗어났으면 찾아야 합죠."

니키타가 짧게 말했다. 그는 자리에서 일어나 밖으로 걸어 나와서 눈밭을 걷기 시작했다.

그는 시야에서 사라졌다 나타나기를 거듭하더니 이윽고 돌아왔다.

"여긴 길이 없습니다요. 아마 앞쪽 어딘가에 있을 겁니다요."

그가 썰매에 오르면서 말했다.

날은 벌써 어두워지고 있었다. 눈보라는 더 이상 심해지지도 약해지지도 않았다.

"그 농부들 말을 듣는 건데."

바실리 안드레이치가 말했다.

"맞습니다요. 우릴 못 따라잡는 걸 보니 우리가 길에서 상당히 벗어난 게 틀림없습니다요. 어쩌면 그 친구들도 길을 헤매는지 모르지만요."

니키타가 말했다.

"그럼 어디로 가지?"

바실리 안드레이치가 말했다.

"말에게 맡겨야지요. 잘할 겁니다요. 고삐 줘보세요."

니키타가 말했다.

따뜻한 장갑을 꼈음에도 손이 시려오기 시작했기 때문에 바실리 안드레이치는 기꺼이 고삐를 넘겨주었다.

니키타는 고삐를 잡고 가만히 있었다. 그에게는 애마의 머리를 믿는 즐거움이 있었다. 그러자 영리한 말은 정말로 양쪽 귀를 이리저리 움직이며 발을 내딛기 시작했다.

"말만 못 할 뿐, 보세요, 잘하잖아요. 가거라, 가, 그래, 그렇지."

바람이 뒤에서 불어오기 시작하자 좀 따뜻해졌다.

"그래 참 똑똑하지."

니키타는 말을 계속 칭찬했다.

"키르기즈 말은요, 힘이 좋습니다요. 근데 머리가 좀 모자라요. 얘는 아닙니다요. 보십쇼. 귀로 뭘 하는지. 전신주가 필요 없습니다요. 1베르스타 안의 소리는 다 잡아냅니다요."

반시간도 지나지 않아 정말 앞에 뭔가 거무스름한 것이 나타났다. 숲인지 마을인지 나타났고 오른쪽에는 다시 이정표들이 보였다. 다시 도로에 들어선 게 틀림없었다.

"다시 그리슈키노입니다요."

갑자기 니키타가 말했다.

아닌 게 아니라 왼쪽에 눈이 흩날려 오던 곡물창고가 보였고 빨랫줄에 널린 채 바람에 사정없이 휘날리던 얼어붙은 빨래며 루바슈카 그리고 바지들이 눈에 들어왔다.

다시 거리로 들어서자 아까처럼 아늑하고 따뜻해졌고 마음이 들뜨기 시작했다. 거름이 흐트러진 길이 다시 눈에 들어왔고 사람들의 목소리, 노랫소리가 들려왔다. 그 가운데 개 짖는 소리도 들려왔다. 벌써 상당히 어두워져 몇몇 창에서는 불빛이 새어나오고 있었다.

거리를 반쯤 왔을 때 바실리 안드레이치는 벽돌 건물 두 채 사이로 정문이 난 큰 집을 향해 말을 몰아 현관 앞에 멈췄다.

니키타는 눈이 소복이 쌓이고 불이 밝혀진 창을 향해 다가갔다. 흩날리는 눈송이들이 연이어 불빛에 반짝였다. 니키타는 채찍으로 창을 두드렸다.

"게 뉘슈?"

안에서 목소리가 들려왔다.

"크레스트이에서 왔는데, 브레후노프 나리요."

니키타가 말했다.

"보쇼, 좀 나와 보쇼."

누군가 창에서 물러난 후 이 분가량이 흘렀다. 어둠 속에서 먼저 안쪽 문의 잠금장치가 풀리고 이어서 바깥문의 빗장이 풀리는 소리가 들려왔다. 그러자 바람에 열리지 않도록 문을 단단히 잡은, 수염이 하얗고 흰 루바슈카에 양가죽 코트를 입은 키가 큰 노인이 모습을 드러냈다. 그의 뒤에는 빨간 루바슈카를 입고 가죽 장화를 신은 젊은이가 서 있었다.

"웬일인가, 안드레이치?"

노인네가 말했다.

"그게 글쎄, 그만 길을 잃었지 뭔가."

바실리 안드레이치가 말했다.

"고랴치키노에 가던 중이었는데 이렇게 그만 자네한테 오고 말았네. 다시 길을 떠났지만 또다시 길을 잃고 말았어."

"그래, 길을 잃으셨구먼."

노인이 말했다.

"페트루샤,5 가서 대문을 열어드려라!"

노인이 빨간 셔츠를 입은 젊은이에게 말했다.

"알았습니다."

젊은이는 밝은 목소리로 대답하며 현관 쪽으로 사라졌다.

"근데 여보게, 우리 여기서 묵지는 않을 걸세."

바실리 안드레이치가 말했다.

"이 밤중에 어딜 간다고! 주무시고 가시게."

"우리도 자고 가면 좋겠지만 가야 하네. 일 때문에 안 돼."

"그렇담 몸이라도 녹이고 가시게. 차 한 잔 하세."

노인이 말했다.

"몸을 녹인다고? 그것 좋지."

바실리 안드레이치가 말했다.

"더 어두워지지는 않을 거야. 달이 뜨면 환해지겠지. 그럼 니키타, 몸 좀 녹여볼까?"

"그러시죠, 나리, 몸 좀 녹인다고 해서 덧날 건 없지요."

추위로 뻣뻣해진 뼈마디를 녹이고 싶어 안달하던 니키타가 맞

5 표트르의 애칭.

장구를 쳤다.

바실리 안드레이치는 노인과 함께 농가 안으로 사라졌고 니키타는 페트루슈카[6]가 열어준 대문 안으로 들어가 그의 지시에 따라 말을 헛간의 처마 밑으로 데리고 갔다. 헛간 바닥은 거름으로 뒤덮여 있었다. 말의 머리 위 높이 매여 있던 멍에가 들보를 건드리자 그곳에 있던 수탉과 둥지를 틀고 있던 암탉들이 못마땅한 듯 꼬오꼭거리며 발톱으로 들보를 긁어댔다. 양들은 불안에 빠져 얼어붙은 거름을 걷어차며 황급히 물러섰다. 개 한 마리가 낯선 이를 보고 놀라 적개심을 드러내며 조금 짖더니 철 모르는 강아지처럼 맹렬히 짖기 시작했다.

니키타는 동물들과 얘길 하기 시작했다. 암탉들에게는 미안하다며 앞으로는 놀라게 하지 않겠노라고 달랬고 양들에게는 아무 것도 모르면서 소란을 피운다고 나무랐다. 그리고 계속 개를 타이르며 말을 비끌어 맸다.

"이제 괜찮아질 거야."

그는 옷에서 눈을 털어내면서 말했다.

"어럽쇼, 저거 짖는 것 좀 봐라!"

그는 개를 향해 한마디 했다.

"이제 그만해, 그만! 바보 멍청이. 그만. 괜히 혼자 짖고 난리

---

[6] 표트르의 애칭.

야."

그가 말했다.

"우린 도둑이 아니야, 식구라고……."

"얘네들은 흔히 얘기하는 가정의 세 보좌관이에요."

젊은이는 손에 힘을 주어 밖에 나와 있던 썰매를 처마 밑에 밀어 넣으며 말했다.

"보좌관?"

"파울손 책[7]에 나와 있는 대로예요. 도둑이 집에 접근하면 개가 짖어요. 조심하란 뜻이죠. 수탉이 웁니다. 일어나란 거죠. 고양이가 세수를 하죠. 귀한 손님이 오시니 맞을 준비를 하라는 겁니다."

젊은이가 씩 웃으며 말했다.

페트루하[8]는 글을 깨쳐서 자기가 가진 유일한 책인 파울손의 책을 줄줄 꿰고 있었다. 그래서 특히 지금처럼 약간 술이 들어가면 상황에 어울린다고 생각되는 금언들을 그 책에서 즐겨 인용했다.

"그 말은 맞네."

니키타가 말했다.

"몸이 꽁꽁 얼었죠, 아저씨?"

---

[7] 러시아 교육학자 이오시프 이바노비치 파울손이 저술하여 유명해진 『독본』을 지칭.
[8] 표트르의 애칭.

"그래, 맞네."
니키타가 말했다. 그들은 마당과 현관을 지나 농가 안으로 들어갔다.

4

　바실리 안드레이치가 들른 집은 마을에서 가장 잘사는 집 중 하나였다. 가족은 '가족 할당 토지'⁹ 다섯 곳을 소유하고 있었고 그 외에 다른 토지 하나를 임대해 사용하고 있었다. 또한 말 여섯 마리, 소 세 마리, 한 살배기 송아지 두 마리, 양 스무 마리를 소유하고 있었다. 이 집에 사는 식구는 총 스물두 명이었는데 장가간 아들이 넷, 손자가 여섯이었고 이 손자들 중 하나가 바로 페트루하로 결혼한 상태였다. 그 외에 증손자 둘, 부모를 잃은 아이 셋 그리고 어린애가 딸린 며느리 넷이 있었다. 이 집은 드물게 아직 분가하지 않은 집 중 하나였다. 그러나 이 집에도 으레 그렇듯

9 지주가 농민의 가족에 분배한 토지.

이 여자들로부터 시작되어 순식간에 가족의 분열로 이어지고 마는 내부의 불화가 이미 진행되고 있었다. 아들 둘은 모스크바에서 화물을 운반하며 생계를 꾸려가고 있었고, 다른 아들 하나는 군대에 가 있었다. 지금 집에 있는 사람은 노인네 부부, 집주인인 둘째아들, 명절을 쇠러 모스크바에서 온 큰아들, 여자들 그리고 애들이었다. 이 식구들 외에 아이들의 대부인 이웃집 남자가 와 있었다.

농가 안에는 천장에 걸린 갓 달린 램프가 식탁 위의 다기, 보드카 병, 안주 그리고 벽돌로 된 벽, '아름다운 구석'[10] 양옆에 걸려 있는 성상과 그림을 환히 비추고 있었다. 검은 반코트를 입은 바실리 안드레이치는 식탁의 상석에 앉아 얼어붙은 콧수염을 천천히 핥으면서 매처럼 툭 튀어나온 날카로운 눈으로 주변 사람들과 농가 안을 훑어보았다. 바실리 안드레이치 외에 식탁에는 머리가 벗어지고 수염이 하얀 집주인 노인이 손으로 짠 흰 루바슈카를 입은 채 앉아 있었다. 그 옆에는 명절을 쇠러 모스크바에서 온 어깨와 등이 우람한 아들이 사라사 염색을 한 얇은 루바슈카를 입고 앉아 있었다. 그리고 그 옆에는 어깨가 떡 벌어지고 이 집에서 가장 역할을 하는 둘째아들과 머리칼이 붉고 몸매가 호리호리한 이웃집 농부가 앉아 있었다.

---

10 성상을 모셔놓은 농가 안의 한 모서리.

사람들은 술을 마시며 안주를 먹다 때마침 벽난로 바닥에 세워져 있던 사모바르가 소리를 내며 끓자 차를 마시려던 참이었다. 벽난로 위와 그 옆에는 아이들이 모여 있었고, 나무 침상에는 한 아낙네가 요람을 들여다보며 앉아 있었다. 얼굴 전체, 심지어 입술까지도 잔주름투성이인 여주인 노파가 바실리 안드레이치의 시중을 들었다.

니키타가 농가 안으로 들어왔을 때, 그녀는 도톰하고 작은 유리잔에 보드카를 가득 따라 손님에게 권하는 중이었다.

"거절하지 마세요, 바실리 안드레이치, 절대로. 명절에 복 받으셔야지. 쭉 들이켜서, 젊은 양반."

보드카를 보고 그 냄새를 맡자 온몸이 얼고 지친 니키타는 특히나 지금 도무지 마음의 갈피를 잡을 수 없었다. 그는 얼굴을 찌푸리며 털모자와 코트의 눈을 털어낸 후 성상을 바라본 채 주변 사람들을 의식하지 않고 세 차례 성호를 긋고 머리를 숙여 성상에 절했다. 그런 후 몸을 돌려 먼저 집주인 노인에게, 다음에는 식탁에 앉아 있던 모든 이들에게, 이어서 벽난로 주위에 서 있던 아낙네들에게 "명절에 복 많이 받으십시오"라고 말하며 고개를 숙였다. 그리고 식탁 쪽에는 눈길도 주지 않은 채 옷을 벗기 시작했다.

"아저씨, 고드름 많이도 달고 다니시네."

큰아들이 눈雪이 잔뜩 붙은 얼굴이며 눈 그리고 수염을 보고 말했다.

니키타는 코트를 벗어 한 번 더 턴 후 벽난로에 걸어놓고 식탁으로 갔다. 그러자 그에게도 보드카가 권해졌다. 고통스러운 싸움이 시작되었다. 한편으로는 잔을 들어 향기롭고 성스러운 액체를 입안에 털어 넣고 싶은 마음이 굴뚝같았다. 그러나 다른 한편으로는 바실리 안드레이치가 눈에 들어오자 금주 맹세며 술 마시느라 저당 잡힌 장화, 통 제조공, 봄이 되면 말을 사주겠노라고 약속한 아들이 떠올랐다. 그러자 니키타는 한숨을 내쉬며 술을 뿌리쳤다.

"대단히 고맙지만 지는 술 안 하는구먼요."

그는 얼굴을 찌푸리며 말했다. 그런 후 두 번째 창 근처의 긴 의자에 가서 앉았다.

"거 무슨 말씀이셔?"

큰아들이 물었다.

"안 마셔, 안 마신다고."

듬성듬성 나 있는 콧수염과 턱수염을 쓰다듬으며 그곳에 붙은 고드름을 떼어내다 니키타가 고개를 숙인 채 말했다.

"그 친구한텐 좋지 않아."

바실리 안드레이치가 잔을 비우고 둥근 빵을 씹으며 말했다.

"그렇담 차를 드셔."

노파가 살갑게 말했다.

"이런, 이런, 몸이 동태가 됐네. 여자들은 대체 뭘 하고 있남? 사모바르는 어찌된 겨?"

"다 됐어요."

젊은 아낙네 하나가 끓어 넘치던 사모바르를 앞치마로 탁탁 친 후 조심스럽게 가져와서 식탁에 쾅 하고 내려놓았다.

그사이 바실리 안드레이치는 어쩌다 길을 잃게 되었는지, 어째서 두 번씩이나 같은 마을에 돌아오게 되었는지를 말하고, 또 길을 잃고 술주정뱅이들을 만나게 된 사연도 얘기했다. 식구들은 놀라움을 금치 못하며 그들이 어디에서 왜 길을 잃었는지 또 도중에 만난 술주정뱅이들은 누구였는지 설명해주었고 또 앞으로 어떻게 길을 가야 하는지 가르쳐주었다.

"몰차놉카까지는 사내아이가 동행할 거요. 댁이 할 일은 큰길에서 꺾는 겁니다. 덤불이 하나 보일 겁니다. 댁은 거기까지 못 갔던 거요!"

이웃집 남자가 말했다.

"자고 가면 좋으련만. 잠자리는 여자들이 마련해줄 거야."

노파가 마음을 돌리려 들었다.

"아침에 가면 좋겠는데. 그래야 우리 맘도 편한데."

노인이 거들었다.

"안 돼, 일 땜에!"

바실리 안드레이치가 말했다.

"한 시간 늦은 걸 만회하려면 일 년 가지고도 안 돼."

그는 숲과 자신을 제치고 숲의 매입 건을 성사시킬지도 모를 구매자들을 떠올리면서 덧붙였다.

"설마 제때 도착은 하겠지?"

그는 니키타에게 물었다.

니키타는 얼어붙은 턱수염과 콧수염을 녹이는 데 정신이 팔려 꽤 오랫동안 대답을 하지 않았다.

"다시 길을 잃지만 않으면요."

그는 어두운 표정으로 대답했다.

니키타의 얼굴이 어두운 건 보드카를 한 잔 마시고 싶은 맘이 간절했기 때문이었는데 그런 욕망을 누를 수 있는 건 차밖에 없었다. 하지만 차마저도 아직은 건네는 사람이 없었다.

"그래, 길모퉁이까지만 갈 수 있으면 거기서부터는 길을 잃지 않을 거야. 길이 숲을 지나 죽 나 있으니까."

바실리 안드레이치가 말했다.

"나리 뜻대로 합지요. 가면 가는 거지요."

차를 건네받으며 니키타가 말했다.

"차를 넉넉히 마신 후 출발하자고."

니키타는 아무 말도 하지 않고 고개를 저었다. 그러고는 조심스럽게 차를 찻잔받침에 따라 피어오르는 수증기에 일에 시달려 항상 손가락이 부어 있는 손을 녹이기 시작했다. 그런 후 조그만 설탕 조각 하나를 베어 물고 사람들에게 고개를 숙이며 말했다.

"건강하십시오."

그러면서 몸을 데우는 액체를 쭉 들이켰다.

"누가 우릴 길모퉁이까지만 안내해주면 좋겠는데."

바실리 안드레이치가 말했다.

"문제없습다."

큰아들이 말했다.

"페트루하가 말을 매고 모퉁이까지 동행할 겁다."

"그럼 말을 매시겠는가, 고맙네."

"원 별말씀 다 하슈, 젊은 양반!"

노파가 다정하게 말했다.

"우리로선 영광이지."

"페트루하, 가서 말을 매."

큰아들이 말했다.

"그러죠."

페트루하가 씩 웃으면서 못에 걸려 있던 모자를 내려 쓰고 말을 매러 달려 나갔다.

  그가 말을 매는 동안 사람들은 아까 바실리 안드레이치가 창쪽으로 말을 몰고 오는 바람에 중단되었던 이야기를 꺼냈다. 노인은 마을의 어른인 이웃집 노인에게 셋째아들에 대해 푸념을 했는데 명절을 맞이하여 아내에게는 프랑스제 숄을 보내면서 자기에게는 아무것도 보내지 않았다는 것이다.

  "젊은 사람들은 제멋대로예요."

  노인이 말했다.

  "제멋대로라."

  이웃집 노인네가 말했다.

  "정말 맞는 말씀이야! 아는 게 너무 많아. 데모치킨을 보셔. 아 글쎄, 제 아비 팔을 부러뜨렸지 뭐야. 다 너무 똑똑해서 그러는 것 같소이다."

  니키타는 이야기를 엿들었다. 사람들의 얼굴을 눈여겨보며 자신도 얘기에 끼어들고 싶은 생각이 굴뚝같아 보였으나 차를 마시는 데 정신이 팔린 나머지 이해한다는 듯 고개만 끄덕이는 데 그쳤다. 그는 한 잔, 두 잔 연이어 차를 들이켰다. 그러자 차츰차츰 몸이 녹고 기분도 편안해졌다. 이야기는 계속해서 오로지 한 가지, 바로 분가의 병폐를 두고 맴돌았다. 그리고 얘기는 추상적인 것이 아니라 바로 이 집의 분가에 관한 구체적인 것이었다. 그런

데 정작 분가를 요구한 당사자인 둘째아들은 어두운 얼굴로 침묵을 지킨 채 앉아 있었다. 보건대 마음 아픈 사안이지만 집안 식구들 모두 이 문제에 신경을 쓰고 있는 기색이 역력했다. 그럼에도 체면이 깎일까 봐 낯선 사람들 앞에서는 자기네 사적인 문제를 드러내지 않았다. 그러다 마침내 노인이 더 이상 참을 수 없었는지 울먹이며 입을 열었다. 자신이 살아 있는 한 분가는 용납할 수 없고 지금은 다행히 집이 있지만 만일 분가하면 식구들이 모두 흩어져서 거지 신세가 된다는 것이었다.

"마트베예프 씨네가 딱 그랬지."

이웃집 노인이 거들었다.

"근사한 집이 있었는데 분가하자마자 전부 다 거덜나고 말았다니까."

"바로 그런 게 네가 원하는 거다."

노인은 아들에게 말을 걸었다.

아들은 아무 대꾸도 하지 않았다. 그 바람에 어색한 침묵이 시작됐다. 그걸 깨뜨린 사람은 페트루하로, 그는 말을 매고 침묵이 시작되기 불과 몇 분 전에 농가 안으로 돌아와서는 줄곧 빙긋이 웃고 있다가 입을 열었다.

"파울손이 이런 우화를 썼어요. 아버지가 아들들에게 빗자루 한 자루를 주며 부러뜨리라고 했어요. 쉽게 부러지지 않았죠. 그런데 풀어서 대를 하나씩 부러뜨리니까 쉽게 부러졌대요. 이 문제도 그런 거 아니겠어요?"

그는 환한 미소를 지으며 말했다.

"준비됐어요."

"그래, 준비됐다고, 그럼 떠나볼까."

바실리 안드레이치가 말했다.

"저, 분가 말인데, 영감, 그건 허락하지 마셔. 다 당신이 이룬 거잖아, 그러니 당신이 주인이지. 치안판사에게 넘겨. 잘 해결해 줄 거야."

"근데 저 애가 자꾸 억지를 부려, 억지를."

노인은 계속해서 울음 섞인 목소리로 말했다.

"저 애 때문에 맘 편할 날이 없어. 무슨 귀신이 씌였나 봐!"

니키타는 그동안 차를 다섯 잔이나 마셨지만 여전히 찻잔을 엎어놓지 않고 슬며시 옆으로 밀어놓았다. 여섯 번째 잔을 채워주었으면 했던 것이다. 그러나 사모바르의 물이 떨어져서 여주인은 잔을 더 이상 채워주지 못했다. 그러자 바실리 안드레이치가 옷을 입기 시작했다. 도리가 없었다. 니키타도 자리에서 일어나 사방을 갉아먹고 남은 설탕 조각을 설탕 용기에 도로 넣고 땀으로 범벅이 된 얼굴을 코트 자락으로 닦은 후 얇은 코트를 입으러 갔다.

옷 입는 게 끝나자 그는 땅이 꺼져라 한숨을 내쉬었다. 그런 후 사람들에게 고맙다며 작별인사를 하고 밝고 따뜻한 살림방을 뒤로한 채 춥고 어두우며 바람 소리가 요란한 데다 문 틈새로 눈이 사정없이 파고드는 현관을 지나 캄캄한 마당으로 나갔다.

페트루하는 털외투를 입고 말과 함께 마당 한가운데 서 있었다. 그는 씩 웃으며 파울손 책의 시 한 구절을 읊었다.

"안개 속 폭풍우가 하늘을 뒤덮고/눈보라 휘몰아치네/야수처럼 울부짖다/아이처럼 흐느끼네."

니키타는 동감이라는 듯 고개를 끄덕이며 묶어둔 말고삐를 풀었다.

노인은 등불을 들고 바실리 안드레이치를 배웅하며 현관으로 나와 길을 밝혀주려 했다. 그러나 등불은 이내 꺼지고 말았다. 눈보라가 더 심해졌다는 것은 마당에서도 알 수 있었다.

'이런, 날씨가 문제네.'

바실리 안드레이치가 생각했다.

'어쩌면 도착 못 할지도 몰라. 근데 그건 안 되지, 일인데! 떠날 채비가 다 되었는걸. 주인집 말도 매어져 있고. 도착할 수 있을 거야, 하느님이 돌봐주실 거니까!'

집주인 노인도 이들이 떠나서는 안 된다고 생각하고 있었다. 하지만 이미 머물다 가라고 한 차례 설득해보았지만 이들은 말을 듣지 않았다. 더 부탁하는 건 부질없는 짓이었다.

'내가 나이를 먹어 소심한 건지도 몰라, 잘 도착하겠지.'

그가 생각했다.

'그래, 그럼 우린 적어도 제시간에 잠자리에 들 수는 있을 거야, 별다른 걱정 없이.'

페트루하는 길이며 그 지역을 잘 알고 있었기에 위험에 대해서는 조금도 생각하지 않았다. 그 밖에도 자신이 인용한 '눈보라 휘몰아치네'라는 시구가 마당에서 벌어지고 있는 일과 완벽히 들어맞자 그만 마음이 들뜨고 말았다. 니키타는 출발하고픈 맘이 전혀 없었다. 그러나 그는 이미 오랫동안 자신의 의지를 갖지 않고 타인을 섬기는 데 익숙해 있었다. 결국 어느 누구도 이들이 떠나는 걸 말리지 않았다.

5

바실리 안드레이치는 어둠 속에서 간신히 썰매를 발견하고 썰매에 올랐다. 이어 그는 고삐를 잡으며 외쳤다.

"그럼 앞장서게!"

페트루하는 무릎을 꿇은 채 등받이 없는 썰매에 타고 있다가 자기 말을 출발시켰다. 무호르트이는 진작부터 히힝거리며 안달하다 앞장선 암말의 냄새를 맡고 뒤따르기 시작했다. 그들은 순식간에 거리로 접어들었다. 그리고 다시 마을 외곽을 지나 아까 지나온 길, 비록 지금은 더 이상 보이지 않지만 아까 얼어붙은 빨래가 걸려 있던 마당을 지났다. 또한 아까와 달리 지금은 거의 지붕 높이까지 눈이 쌓였고 지붕에서 쉴 새 없이 눈이 흩날리는 창고 옆을 지나갔다. 또 처량하게 윙윙 소리를 내며 사정없이 흔들리는 버드나무 가지를 지나 변함없이 위아래, 사방에서 눈이 휘몰아치는 눈 천지에 진입했다. 강풍이 옆에서 불어와, 썰매 탄 이들은 고스란히 바람을 맞을 수밖에 없었다. 그 바람에 썰매가 옆으로 기울었고 말도 옆으로 밀려났다. 페트루하는 말을 속보로 조정하며 활기차게 외쳤다. 무호르트이가 뒤따라 달렸다.

그렇게 약 십 분을 달린 후 페트루하는 몸을 돌리더니 뭔가 큰 소리로 외쳤다. 바실리 안드레이치도 니키타도 바람 때문에 무슨 소린지 듣지 못했지만 길모퉁이에 도착했을 거라고 짐작했다. 아닌 게 아니라 페트루하가 오른쪽으로 방향을 바꾸자 아까는 옆에서 불어오던 바람이 이젠 다시 맞바람이 되었다가 오른쪽에서 눈과 섞여 세차게 불어왔다. 오른쪽에서 쌓인 눈 사이로 뭔가 거무스름한 게 눈에 들어왔다. 길모퉁이에 있던 관목 숲이었다.

"그럼 잘 가세요."

"고맙네, 페트루하!"

"안개 속 폭풍우가 하늘을 뒤덮고."

페트루하가 큰 소리로 외치면서 사라졌다.

"와, 대단한 시인일세그려."

바실리 안드레이치가 고삐를 당기며 말했다.

"맞습니다요. 멋진 친구네요, 훌륭한 농부구먼요."

니키타가 말했다.

그들은 계속 갔다.

니키타는 몸을 움츠리고 머리를 어깨 사이에 파묻었다. 그러자 숱이 별로 없는 턱수염이 목을 덮었다. 그는 농가에서 마신 차 덕분에 따뜻해진 몸의 온기를 잃지 않으려 애썼다. 눈앞에 직선 형태로 보이는 썰매채는 계속해서 마치 잘 닦인 길을 가고 있는 듯한 착각을 불러일으켰다. 또한 한쪽으로 가지런히 묶은 꼬리털과 함께 흔들리는 말의 뒷모습, 그리고 그 앞쪽의 높은 멍에와 좌우로 흔들리는 말의 머리와 나풀거리는 갈기가 눈에 들어왔다. 이따금 표지판도 눈에 띄었다. 때문에 아직은 길에서 벗어나지는 않았음을 알 수 있었고, 따라서 그가 할 일은 없었다.

바실리 안드레이치는 말 스스로 길을 알아서 가도록 내버려두었다. 그러나 무호르트이는 마을에서 숨을 돌렸는데도 마지못해 달리는 것 같았다. 말이 길에서 벗어나는 것 같자 바실리 안드레이치는 몇 차례 방향을 수정했다.

'아, 오른쪽에 표지판이 하나 있군, 여기엔 두 번째, 저기에 세 번째.'

바실리 안드레이치는 셌다.

'그리고 저 앞은 숲이고.'

바실리 안드레이치는 앞쪽에 뭔가 거무스름한 것을 바라보며 생각했다. 그러나 숲처럼 보였던 것은 덤불에 지나지 않았다. 덤불을 지나서 20사젠가량 더 갔지만 네 번째 표지판은 물론 숲도 나타나지 않았다.

'지금쯤 숲이 보여야 하는데.'

바실리 안드레이치는 생각했다. 그는 술과 차 덕분에 기분이 좋아진 상태에서 주저하지 않고 고삐를 흔들며 말을 몰았다. 그러자 양순한 말은 주인이 가서는 안 되는 방향으로 자신을 몰고 가는데도 가자는 쪽으로 때로는 천천히, 때로는 조금 빨리 달렸다. 그렇게 가길 십여 분, 숲은 여전히 나타나지 않았다.

"이런, 다시 길을 잃었잖아!"

바실리 안드레이치는 말을 세우며 말했다.

니키타는 말없이 썰매에서 기다시피 내려와 얇은 코트 섶을 두 손으로 꼭 붙잡았다. 바람은 얇은 코트를 때로는 그의 몸에 찰싹 붙이다가 때로는 뜯어가버릴 것 같은 기세로 세차게 불었다. 니키타는 상황을 살피러 눈보라 속으로 들어갔다. 먼저 한쪽 방향, 이어서 반대 방향으로 갔다. 그는 그렇게 세 차례쯤 시야에서 사라졌다. 그러다 돌아와 바실리 안드레이치에게서 고삐를 넘겨받았다.

"오른쪽으로 가야 합니다요."

그는 말을 돌리면서 무뚝뚝하고 단호하게 말했다.

"그래, 오른쪽으로 가야 되면 오른쪽으로 가."

바실리 안드레이치는 고삐를 넘겨주고 나서 언 손을 소매 속에 넣었다.

니키타는 들은 척도 않고 말에게 큰 소리로 말했다.

"자, 친구, 부탁하네."

그러나 말은 고삐를 흔들어도 걸어가기만 했다.

여기저기 눈이 무릎 높이까지 쌓여 썰매는 말이 한 발 한 발 내디딜 때마다 움찔거리듯 움직였다.

니키타는 썰매 앞에 걸려 있던 채찍을 들어 한 번 휘둘렀다. 채찍에 길들여 있지 않았던 순한 말은 멈칫하더니 앞으로 뛰쳐나가 달리기 시작했다. 그러다 이내 다시 천천히 느릿느릿 걸었다.

그렇게 오 분이 지나갔다. 밀은 어둡고 눈보라는 위아래를 가리지 않고 휘몰아쳐 말 등의 반원형 멍에는 보이지도 않았다. 이따금 썰매는 제자리에 있는데 들판이 뒷걸음질치는 것 같은 착각이 일었다. 갑자기 앞에 뭔가 이상한 것을 느꼈는지 말이 멈춰 섰다. 니키타는 고삐를 내던지며 썰매에서 내려 왜 말이 섰는지 살피러 앞으로 갔다. 그러나 말 앞에서 한 걸음 내딛으려 하는 순간 미끄러져 비탈 아래로 구르고 말았다.

"어, 어, 어."

그는 멈추려고 애쓰면서 말했다. 그러나 낭떠러지 바닥에 두껍

게 쌓여 있던 눈에 두 다리가 묻힌 다음에야 멈출 수 있었다.

그가 낭떠러지 가장자리에 매달려 있다 떨어질 때 건드린 눈더미가 그를 덮쳐 눈사람으로 만들고 외투 깃 안에도 쏟아져 들어갔다.

"에이 참, 이런!"

니키타는 외투 깃 안의 눈을 털어내면서 눈 더미와 낭떠러지를 향해 책망하듯 말했다.

"니키타, 어이, 니키타!"

바실리 안드레이치가 위에서 불렀다.

니키타는 대꾸하지 않았다.

그럴 시간이 없었다. 눈을 털어내고 비탈을 구를 때 잃어버린 채찍을 찾느라 정신이 없었던 것이다. 채찍을 찾은 후 비탈을 기어서 바로 되돌아가려 했지만 그건 불가능했다. 자꾸 굴러 떨어져서 결국 바닥 어딘가에서 위로 올라가는 다른 길을 찾아야 했다. 미끄러진 곳에서 3사젠가량 떨어진 곳에서 네발로 기어 간신히 위로 나올 수 있었다. 그는 낭떠러지 가장자리를 따라 틀림없이 말이 있을 거라고 생각되는 곳을 향해 걸어갔다. 그러나 말도 썰매도 눈에 띄지 않았다. 그러다 맞바람을 안으며 걷자 자신을 부르는 바실리 안드레이치의 외침과 무호르트이가 히힝거리는 소리가 들려왔다.

"간다, 가, 뭘 그리 꽥꽥대고 난리야!"

썰매에 다 가서야 말과 말 옆에 선 무척 키가 커 보이는 바실리 안드레이치가 눈에 들어왔다.

"대체 어딜 갔던 거야? 빌어먹을! 돌아가야겠어. 그리슈키노로 돌아가기만 해도 감지덕지야."

주인은 니키타에게 화를 내며 말했다.

"돌아가면야 좋지요, 바실리 안드레이치. 하지만 어디로 간단 말입니까요? 여긴 낭떠러지입니다요. 빠지면 못 나와요. 소인도 간신히 빠져나왔습니다요."

"그럼 어떡해? 여기 가만히 있을 수도 없잖아? 어디가 됐든 가야 한다고."

바실리 안드레이치가 말했다.

니키타는 대꾸하지 않았다. 그는 썰매에 올라 바람에 등을 내준 채 앉아 신발을 벗고 안에 들어 있던 눈을 털어냈다. 그런 후 짚을 조금 집어 장화 왼쪽에 난 구멍에 정성스럽게 채워 넣었다.

바실리 안드레이치는 모든 걸 니키타에게 일임한 듯 말이 없었다. 니키타는 신발을 다시 신고 장갑을 낀 후 고삐를 잡고 낭떠러지를 따라 말을 몰았다. 그러나 백 걸음도 못 가 말이 또 멈추었다. 다시 낭떠러지가 나타났던 것이다.

니키타는 다시 썰매에서 내려 상황을 살피러 눈보라 속으로 들어갔다. 꽤 오랫동안 걷다가 드디어 사라질 때와 정반대 쪽에서 모습을 드러냈다.

"안드레이치, 살아 계십니까요?"

"여기!"

바실리 안드레이치가 외쳤다.

"그래, 어떤가?"

"도무지 방법이 없습니다요. 컴컴해요. 낭떠러지가 널려 있어요. 다시 바람이 불어오는 쪽으로 가야겠습니다요."

그들은 다시 떠났다. 니키타는 상황을 알아보러 사라졌다. 그런 후 썰매에 타고, 살피러 내려가길 반복하다 마침내 가쁜 숨을 몰아쉬며 썰매 옆에 털썩 주저앉고 말았다.

"그래, 어때?"

바실리 안드레이치가 물었다.

"어떻기는요, 죽겠습니다요. 말도 못 가고요."

"그럼 어떻게 해?"

"좀 기다려보십쇼."

니키타는 사라졌다 곧 돌아왔다.

"소인을 따라오십쇼."

그는 말 앞으로 걸어가며 말했다.

바실리 안드레이치는 더 이상 명령을 내리지 못하고 니키타의 말을 순순히 따르고 있었다.

"이리 오십쇼, 소인 뒤로!"

니키타가 재빨리 오른쪽으로 비켜서서 무호르트이의 고삐를 잡고 아래에 있는 눈 더미 쪽으로 향하며 외쳤다.

처음에 말은 움직이려 하지 않았다. 그러다 눈 더미를 뛰어넘을 요량으로 뛰쳐나갔다. 그러나 힘이 모자라 눈 더미에 주저앉아 멍에 높이까지 묻히고 말았다.

"내리십쇼!"

여전히 썰매를 타고 있던 바실리 안드레이치를 향해 니키타가 소리를 질렀다. 그런 후 그는 끌채 한쪽을 잡고 썰매를 말 쪽으로 밀기 시작했다.

"힘들지, 친구."

그는 무호르트이에게 말했다.

"하지만 어쩌겠냐. 힘을 좀 줘! 그래, 그래, 조금만 더!"

그는 소리를 질렀다.

말은 한 번, 두 번 안간힘을 썼다. 그러나 빠져나오지 못하고 마치 생각할 게 있는 양 다시 주저앉았다.

"왜 그래, 친구, 그러면 못써."

니키타가 무호르트이에게 타이르듯 말했다.

"자, 다시 한 번!"

다시 니키타가 한쪽에서 끌채를 끌어당겼다. 바실리 안드레이치도 반대쪽에서 끌채를 잡고 끌어당겼다. 말은 머리를 흔들더니 갑자기 앞으로 나갔다.

"그래! 바로 그거야! 겁먹지 마! 안 가라앉아!"

니키타가 소리쳤다.

한 번, 두 번, 세 번 앞발을 들어 뛰어오른 끝에 말은 드디어 눈더미에서 빠져나오는 데 성공했고 몸에 묻은 눈을 털며 힘겹게 숨을 몰아쉬었다. 니키타는 말을 더 이끌고 싶어 했다. 그러나 바실리 안드레이치는 털외투를 겹으로 껴입었음에도 숨이 차 더 이상 걷지 못하고 썰매 안에 몸을 내던지고 말았다.

"제발 숨 좀 돌리세."

그는 마을에서 털외투의 깃을 매는 데 사용했던 스카프를 풀며 말했다.

"여긴 괜찮아요. 앉아 계십쇼."

니키타가 말했다.

"소인이 끌겠습니다요."

그는 썰매에 바실리 안드레이치를 태운 채 말의 재갈을 잡고 열 걸음쯤 내려갔다 다시 약간 올라간 후 멈췄다.

니키타가 멈춘 골짜기는 언덕에서 불어오는 눈에 그들이 완전히 파묻힐 것 같지 않았고 가장자리 쪽은 부분적으로 바람을 피할 수 있었다. 바람이 잠시 멎은 것 같은 느낌이 드는 순간도 있었다. 하지만 그건 얼마 지속되지 않았다. 이후 바람은 마치 잠시 쉬었던 걸 메우기라도 하려는 양 이전보다 열 배 이상의 강도로 더욱 맹렬히 불어젖혔다. 바실리 안드레이치가 숨을 좀 돌린 후 썰매에서 내려 앞으로 어떻게 하면 좋을지 묻기 위해 니키타에게 다가가는 바로 그 순간 느닷없는 강풍이 불었다. 두 사람은 자신도 모르게 몸을 숙이고 바람이 잦아들기를 기다렸다. 무호르트이 또한 본능적으로 귀를 접고 머리를 흔들었다. 바람이 조금 약해지자 니키타는 장갑을 벗어 허리띠에 쑤셔 넣은 후 손에 입김을 불고 나서 멍에에서 고삐를 풀어내기 시작했다.

"뭐 하는 건가?"

바실리 안드레이치가 물었다.

"고삐를 풉니다요. 달리 할 게 있겠습니까요? 힘도 없고요."

니키타가 미안한 듯 대답했다.

"그럼 정말 갈 수 없단 말인가?"

"못 갑니다요. 말만 고생시키지요. 요 착한 녀석, 지금 제정신이 아닙니다요."

니키타는 만반의 준비를 갖춘 채 흠뻑 젖은 불룩한 배를 힘겹게 지탱하며 얌전히 서 있는 말을 가리키며 말했다.

"이곳에서 밤을 새워야 합니다요."

그는 마치 여인숙에라도 숙박하듯이 말하며 말고삐의 가죽끈을 풀기 시작했다. 곧 매듭이 풀렸다.
"얼어 죽지 않을까?"
"그게 어때서요? 얼어 죽어도 할 수 없지요."
니키타가 말했다.

6

바실리 안드레이치는 털외투를 두 개나 껴입었기 때문에 무척 더웠다. 특히 눈 더미 속에서 힘을 쓰고 난 후인지라 더욱 그랬다. 그렇지만 정말 이곳에서 밤을 지새워야 한다는 걸 깨닫자 등골이 서늘해졌다. 그는 썰매에 올라 마음을 가라앉히려 담배와 성냥을 찾았다.

그사이 니키타는 말을 마구에서 해방시켜주고 있었다. 먼저 배와 등에 맨 띠를 풀고 고삐를 제거했으며 이어서 목 띠를 풀고 반원형 멍에를 떼어냈다. 그런 와중에도 말과 쉬지 않고 얘기하며 말을 달랬다.

"자, 이제 나오렴, 어서 나와."

그는 썰매채에서 말을 끌어내며 말했다.

"여기 널 매둘 거야. 짚을 좀 깔아줄게. 눈가리개도 치워주마. 좀 먹어봐, 기분이 훨씬 나아질 거야."

그러나 무호르트이는 니키타의 말에도 안심이 되지 않는지 계속 불안해했다. 발을 번갈아 내디뎠고 바람을 뒤로한 채 머리를 니키타의 소매에 비비며 썰매에 몸을 바짝 붙였다. 그러고 나서 마치 자신을 생각해준 호의에 보답이라도 하려는지, 갑자기 썰매에서 짚을 한 뭉텅이 집어 물고는 니키타의 코앞에 내밀었다. 그러나 이내 지금 짚이 문제가 아니란 걸 깨닫고 떨어뜨렸다. 그러자 바람이 짚을 흩트려 날린 후 눈으로 덮어버렸다.

"이제 신호를 만들자."

니키타는 썰매 앞쪽이 맞바람을 맞도록 돌려놓고 썰매채를 말 등에 맨 띠로 묶어 세운 후 썰매 앞에 단단히 묶었다.

"이렇게 해놓으면 설령 우리가 눈에 묻혀도 맘씨 좋은 사람들이 썰매채를 보고 우릴 구해줄 거야."

니키타는 장갑을 서로 부딪쳐 눈을 털고 나서 다시 손에 끼며 말했다.

"어르신들이 가르쳐주신 거야."

그사이 바실리 안드레이치는 외투 하나를 벗어 뒤집어쓴 채 유황성냥을 철제 성냥갑에 대고 연이어 그었다. 그러나 손이 너무 떨린 나머지 성냥개비는 불이 붙다 꺼지기를 반복했다. 그러다 간신히 불이 붙은 성냥을 담배에 갖다 대는 순간 바람에 다시 꺼지고 말았다. 마침내 성냥 한 개비에 완전히 불이 붙어 일순간 그가 입고 있던 외투의 털, 집게손가락에 낀 금반지, 막베 자루 밑에서 삐져 나와 눈에 덮여 있던 귀리 짚을 비추더니 담배에 옮겨 붙었다. 그는 두어 차례 게걸스럽게 담배를 빨아들여 연기를 삼켰다. 그런 후 콧수염 사이로 연기를 내뿜고 다시 한 모금을 빨려고 했으나 불붙은 부분이 바람에 떨어져 나가 짚이 날아갔듯이 멀리 날아가버렸다.

그렇지만 불과 몇 모금밖에 들이마시지 않은 담배 연기가 바실리 안드레이치의 기분을 좋게 해주었다.

"밤을 새우려면 제대로 새워야지!"

그는 힘주어 말했다.

"기다려봐, 내가 깃발을 만들어볼 테니까."

그는 외투 깃에서 풀어내 썰매 안에 내던졌던 스카프를 집어 들며 말했다. 그런 후 장갑을 벗고 썰매 앞부분에 서서 가죽끈을 붙잡기 위해 몸을 뻗어 썰매채 옆쪽 끈에 스카프를 단단히 매듭을 지어 묶었다.

스카프는 그 즉시 썰매채에 휘감기다 갑자기 활짝 펴지고 튕기기를 반복하며 바람에 심하게 나부꼈다.

"봐, 얼마나 근사해."

바실리 안드레이치는 자신의 작품에 도취되어 썰매에서 내려오며 말했다.

"함께 있으면 좀 따뜻할 텐데 둘이는 못 앉겠지."

"소인 자리는 소인이 알아서 하겠습니다요."

니키타가 말했다.

"말은 좀 덮어줘야 해요. 이 친구 땀을 너무 흘렸습니다요. 좀 비켜보십쇼."

그는 이렇게 말하며 썰매에 다가가 바실리 안드레이치가 앉아 있던 자리 아래에서 막베 자루를 끄집어냈다.

니키타는 끄집어낸 막베 자루를 반으로 접고 엉덩이 띠와 안장 요를 벗겨냈다. 그런 후 막베 자루로 무호르트이를 덮어주었다.

"훨씬 따뜻해질 거야, 이 곰탱이."

그는 엉덩이 띠와 안장 요를 막베 자루 위에 다시 덮어주며 말했다. 그 일이 끝나자 그는 썰매로 다가가며 말했다.

"막베 자루 필요 없으시죠? 거기 짚도 좀 주십쇼."

그는 바실리 안드레이치의 자리 아래에서 이것저것 끄집어내서 썰매 뒤쪽으로 갔다. 거기서 눈 속에 구덩이를 하나 만들어 그 안에 짚을 깔고 모자를 눌러 쓴 후 얇은 코트로 몸을 감쌌다. 그 위에 막베 자루를 뒤집어쓰고 깔아놓은 짚 위에 앉아 바람과 눈으로부터 자신을 막아주는 썰매의 뒤쪽 나무 부분에 몸을 기댔다.

바실리 안드레이치는 평소 농부들이 무지몽매한 걸 못마땅해했다. 그래서 지금 니키타의 행동도 이해할 수 없다는 듯 고개를 절레절레 흔들고는 밤 새울 채비를 하기 시작했다.

그는 썰매 바닥에 흩어져 남아 있던 짚을 골라 옆구리 쪽에 좀 더 모은 후 두 손을 소매 속에 넣고 바람막이가 되어주는 썰매 앞쪽 구석에 머리를 기댔다.

자고 싶은 생각은 없었다. 그래서 누워 생각에 잠겼다. 계속해서 오로지 한 가지에 대해서만 생각했다. 그건 그의 인생의 유일한 목표이자 의미이며 즐거움 그리고 자랑인, 바로 자신이 돈을 얼마나 벌어들였고 또 얼마나 더 벌 수 있을지, 자신이 아는 다른 사람들은 돈을 얼마나 모았고 또 가지고 있는지, 얼마나 벌어들였고 또 벌어들일 것인지였고, 또 자신도 그들처럼 앞으로 아주 많은 돈을 벌 수 있을 거라는 것이었다. 고랴치키노 숲을 사들이는 것은 그에게 대단히 중요한 의미를 갖는 일이었다. 그는 이 숲을 사들임으로써 곧바로 1만 루블을 벌 수 있을 것으로 내다봤다. 그는 이미 지난 가을에 2데샤티나를 골라 그곳에 있던 나무 수를 죄다 세어본 적이 있었다. 그는 숲의 가치를 마음속으로 계산해보기 시작했다.

"떡갈나무는 썰매의 미끄럼대 감으로 그만이고 벌채용 나무는 신경 쓰지 않아도 되지. 그러면 1데샤티나당 30사젠가량의 땔감용 나무는 나와."

그는 혼자 중얼거렸다.

"이 말은 1데샤티나에서 최소한 225루블은 나온다는 뜻이지. 56데샤티나니까 오십육 곱하기 백, 오십육 곱하기 백을 오십육 곱하기 십으로 하면, 그리고 오십육 곱하기 십을 오십육 곱하기 오로 하면."

셈해본 결과 1만 2,000루블 이상은 나왔다. 그러나 주판 없이 정확한 계산은 불가능했다.

'아무튼 1만 루블은 못 줘. 공지를 공제하면 팔천은 줄 수 있지. 토지 측량기사한테 기름 좀 치지 뭐, 백이나 백오십이면 될 거야. 그러면 공지를 5데샤티나가량 빼주겠지. 그렇게 되면 팔천에 내놓을 거고. 결국 삼천이 낮춰지는 거지. 십중팔구 넘어올 거야.'

그는 호주머니 속의 지갑을 팔뚝으로 눌러보며 생각했다.

'근데 어쩌다 길모퉁이에서 벗어나게 됐는지는 정말 모르겠어! 이 근처에 분명히 숲과 감시초소가 있어야 해. 개 짖는 소리도 들려야 하고. 빌어먹을 게 필요할 땐 짖지를 않아.'

그는 귀를 가리던 외투 깃을 펴고 청각을 곤두세웠다. 들리는 건 여전히 쌩쌩 부는 바람 소리, 썰매채가 떠는 소리, 스카프가 나부끼는 소리, 눈이 썰매의 나무 부분에 와 부딪히는 소리뿐이었다. 그는 다시 귀를 가렸다.

'밤을 새우게 될 걸 미리 알았으면 좋았으련만. 뭐, 어때, 내일이라도 도착하면 되는 거지. 하루만 까먹을 뿐이야. 이런 날씨엔 다른 사람들도 안 갈 거야.'

그러자 그는 9일경에 푸줏간 주인에게 양 값을 받아야 한다는 생각이 났다.

'직접 온다고 했는데. 날 못 만날 텐데 골치네. 마누라는 돈 받을 줄 모르는데. 여자가 뭐 아는 게 있어야지.'

그는 아내가 어제 명절 인사차 들른 경찰서장을 접대할 줄 몰라 쩔쩔매던 모습을 떠올렸다.

'여자가 그렇지 뭐! 어디서 뭘 보고 배웠겠어? 부모님 계셨을 때 우리 집이 어땠는데? 잘사는 시골 농사꾼이었을 따름이지. 방앗간 하나에 여관 하나가 전 재산이었으니까. 근데 난 십오 년 동안 뭘 했지? 가게 하나, 술집 두 개, 방앗간 하나, 곡물창고 하나, 남한테 세준 농장 두 개, 창고가 딸리고 철 지붕을 얹은 집 한 채.'

그는 자랑스럽게 하나하나 떠올렸다.

'부모님 때와는 판이하게 다르지! 오늘날 이 고장 사람들의 입에 오르내리는 게 누구지? 브레후노프. 왜지? 왜냐면 내가 일을 생각하고 노력하는 게 다른 사람들과는 다르기 때문이야. 게으름뱅이들은 바보짓만 하고 있지. 난 밤에도 잠을 자지 않아. 눈보라가 몰아쳐도 떠나. 그러니까 일이 되지. 사람들은 농담이나 하며 돈 번다고 하지. 천만의 말씀. 머리를 싸매가며 노력해야 해. 들판에서 밤을 새울 때도 한잠도 자서는 안 돼. 베개를 뒤집어가며 생각을 거듭하는 거지.'

그는 자부심을 느끼며 생각에 잠겼다.

'사람들은 운이 좋아서 성공한다고 생각하지. 백만장자가 된 미로노프 씨네처럼 말이지. 아니야. 그럼, 어떻게? 노력하는 거야. 그러면 하느님이 주셔. 다만 하느님이 건강도 주신다면 더 좋으련만.'

그러자 그 자신도 빈손으로 시작해 백만장자가 된 미로노프처럼 백만장자의 대열에 들 수 있을 거라는 생각에 마음이 들떠 사람과 얘기를 하고 싶은 충동을 느꼈다. 그러나 얘기 상대가 없었다, 얘기 상대가……. 만일 그가 고랴치키노에 도착했더라면 지주와 얘기를 할 수 있었을 거고 지주로 하여금 정색을 하며 안경을 고쳐 쓰게 만들고도 남았을 것이다.

"이런, 바람 한번 사납게 부네! 이렇게 눈이 쌓였다간 아침에 못 빠져나가는데!"

그는 썰매 앞쪽을 휘게 한 후 나무 부분에 눈 세례를 퍼부으며 휘몰아치는 거센 바람 소리에 신경을 곤두세웠다. 그는 몸을 약간 일으켜 주위를 둘러보았다. 하얗게 요동치는 어둠 속에서 무호르트이의 검은 머리와 막베 자루가 펄럭이는 등 그리고 숱이 많은, 땋은 꼬리털이 눈에 들어왔다. 앞뒤 할 것 없이 사방에서 어쩌다 조금 엷어졌다 다시 몇 배로 짙어지는 하얀 어둠이 요동치고 있었다.

'괜히 니키타 말을 들었어.'

그는 다시 생각에 잠겼다.

'가야 하는 건데 그랬어. 어디로가 됐건 계속 가야 했어. 그리슈키노로 돌아가 타라스네 집에서 자는 거였어. 근데 여기 주저앉아 밤을 새우고 있잖아. 이래서 좋은 게 뭐야? 노력하는 사람에게 하느님은 뭔가 주시지만 게으름뱅이, 굼벵이, 멍청이들에게는 아무것도 안 주시거든. 아 참, 담배나 한 대 피워야겠다!'

그는 일어나 앉아 담뱃갑을 꺼낸 후 몸을 앞으로 숙여 외투 자락으로 성냥불이 꺼지지 않도록 애썼다. 그러나 바람은 용케도 틈을 찾아 성냥불을 연이어 꺼버렸다. 마침내 그는 담배 한 개비에 불을 붙여 피우는 데 성공했다. 담배를 피워 물었다는 사실이 그는 너무 좋았다. 자신보다는 바람이 담배를 더 피웠음에도 그는 어찌됐든 두세 번쯤 연기를 들이마실 수 있었고 덕분에 기분이 나아졌다. 그는 다시 뒤쪽으로 몸을 기댄 후 회상에 빠져 꿈을 꾸다 예기치 않게 갑자기 의식을 잃고 잠에 빠져들었다.

그러다 갑자기 뭔가가 그를 밀어 깨우는 느낌이 들었다. 무호르트이가 그가 누운 자리 밑에서 짚을 끄집어내려고 하는 것인지 아니면 그의 내부의 무엇인가가 그를 흔드는 것인지 알 수는 없었다. 다만 잠에서 깨자마자 심장이 너무 빨리 그리고 심하게 뛰었기 때문에 자신이 누워 있는 썰매가 흔들리는 느낌을 받았다. 눈을 떴다. 주위의 모든 게 그대로였다. 달라진 건 좀 환해진 듯하다는 것뿐이었다. 그러자 이런 생각이 들었다.

'날이 밝아오는구나. 그렇다면 아침까진 얼마 안 남은 거야.'

그러나 곧이어 환해진 건 달이 떴기 때문이라는 데 생각이 미쳤다. 그는 몸을 조금 일으켜 말을 바라보았다. 말의 등을 완전히 덮었던 막베 자루는 눈을 잔뜩 뒤집어쓴 채 한쪽이 바람에 벗겨져 펄럭이고 있었고 엉덩이 띠 또한 옆으로 미끄러져 있었다. 눈이 잔뜩 덮인 갈기며 머리도 보였다. 바실리 안드레이치는 썰매 뒤쪽으로 몸을 기울여 뒤를 살펴보았다. 니키타가 원래 앉아 있던 그대로 앉아 있었다. 그리고 그를 감싼 막베 자루에도 그리고 두 다리에도 눈이 수북이 쌓여 있었다. 잠시 이런 생각이 들었다.

'저 친구 얼어 죽지 말아야 할 텐데. 옷을 너무 얇게 입었어. 내 책임일지도 몰라. 이해할 수 없는 인간들이야. 정말 무식해.'

바실리 안드레이치는 말 등에서 막베 자루를 벗겨내 니키타를 덮어줄까 하다가 그만두었다. 일어나 움직이면 추워질 게 뻔했고 말도 자칫 얼어 죽을지 몰라 겁이 났기 때문이다.

'뭐 하러 저 친구를 데려왔지? 다 멍청한 마누라 탓이야!'

바실리 안드레이치는 정이 안 가는 아내를 떠올리며 그렇게 생각했다. 그러면서 다시 이전의 자기 자리인 썰매 앞쪽으로 돌아누웠다. 한 가지 생각이 떠올랐다.

'숙부님도 눈 속에서 밤을 지새우신 적이 있었는데 괜찮았어.'

그러나 곧이어 다른 경우도 떠올랐다.

'근데 세바스찬을 눈 더미 속에서 파냈을 때는 뻣뻣한 송장이 되어 꽁꽁 얼어 있었어. 그리슈키노에서 자는 거였어. 그러면 아무 일도 일어나지 않았을 기야.'

그러고는 털의 온기가 헛되이 빠져나가지 않고 목, 무릎, 발바닥 등에 남아 온몸을 데우도록 털외투로 부지런히 몸을 감쌌다. 그는 눈을 감으며 다시 잠을 청했다. 그러나 아무리 애를 써도 잠이 들기는커녕 반대로 힘이 솟고 생기가 도는 느낌이 들었다. 그는 다시 이익, 사람들이 자기에게 진 빚을 계산해보며 뿌듯해했고 자신과 자신의 위상에 대해 만족스러워했다. 그러나 이 모든 것은 계속해서 소리 없이 엄습하는 공포와 왜 그리슈키노에 머물며 숙박하지 않았는지 생각할수록 치솟는 화 때문에 자꾸만 끊어졌다.

'지금 긴 의자에 따뜻이 누워 있으면 얼마나 좋을까.'

그는 보다 편안하고 바람을 피할 수 있는 자세를 찾고자 여러 번 몸을 뒤척이며 애를 썼지만 불편한 건 나아지지 않았다. 그는 다시 몸을 약간 일으켜 자세를 바꾸고 발을 덮은 후 눈을 감고 가만히 있었다. 그러나 튼튼한 펠트 장화 속에서 한쪽으로만 구부러져 있던 발이 아파오기 시작해서 그랬는지 아니면 바람이 어딘가에서 심하게 불어서였는지 모르지만, 잠시 누웠다가도 지금쯤 그리슈키노의 따뜻한 농가 안에서 편안히 누워 있을 수 있었다는 생각만 하면 화가 치밀어 올랐다. 그래서 다시 몸을 일으켜 자세를 바꾸고 몸을 뒤척이다 자리를 잡고 누웠다.

한번은 멀리서 닭이 우는 소리가 들리는 것 같은 느낌이 들었다. 그는 너무 기쁜 나머지 외투 깃을 펴고 청각을 곤두세웠다. 그러나 아무리 들으려고 애를 써도 들리지 않았다. 들리는 건 썰매채 사이에서 윙윙거리는 바람 소리, 스카프가 나부끼는 소리 그리고 눈보라가 썰매의 나무 부분에 부딪히는 소리뿐이었다.

니키타는 저녁때부터 바실리 안드레이치가 두 번씩이나 불렀는데도 대꾸도 하지 않은 채 잠자코 앉아 있었다.

'참 천하태평이로구먼, 잠까지 드셨어.'

그는 썰매 뒤쪽에서 눈을 잔뜩 뒤집어쓴 채 앉아 있는 니키타를 힐끗 보고 화를 내며 생각했다.

바실리 안드레이치는 자리에서 일어나 앉았다 다시 눕기를 스무 번쯤 반복했다. 그에게 이날 밤은 끝이 없어 보였다.

'이제 아침이 가까워졌겠지?'

그는 몸을 일으켜 주위를 둘러보며 생각했다.

'그래 시계나 한번 보자. 외투를 풀어헤치면 분명 추울 거야. 그래도 아침이 다 됐다는 걸 알 수만 있다면 훨씬 기분이 나아질 거야. 말을 맬 수도 있을 거고.'

바실리 안드레이치는 머리로는 아직 아침이 아니라는 걸 잘 알고 있었다. 하지만 자꾸만 무서운 생각이 들고 겁이 나 실망할 때 하더라도 확인이나 해보고 싶었다. 그는 조심조심 반코트의 후크를 풀고 한 손을 품속에 넣은 후 조끼가 만져질 때까지 오랫동안 더듬었다. 그러고는 꽃을 그려넣고 에나멜 칠을 한 은시계를 힘겹게 꺼내 살펴보기 시작했다. 하지만 불 없이는 아무것도 보이지 않았다. 그는 다시 무릎을 꿇고 엎드려 팔꿈치를 괸 후 아까 담배를 피웠을 때처럼 성냥을 꺼내 불을 켜기 시작했다. 이번에는 보다 정확히 했다. 그는 손가락으로 만져보아 유황이 가장 많이 달려 있는 성냥개비를 고른 후 단 한 번에 불을 붙였다. 성냥불 아래 시계 문자판을 갖다대고 들여다봤을 때 그는 자신의 눈을 믿을 수 없었다. 겨우 열두시 십분이었던 것이다. 그건 앞으로 꼬박 새워야 할 밤이 한참 남아 있다는 뜻이었다.

'아이고, 밤이 얼마나 긴데!'

바실리 안드레이치는 등골이 오싹해지는 걸 느끼며 다시 옷을 여미고 몸을 감싼 후 썰매 구석에 바짝 붙어 참을성 있게 기다릴 채비를 했다. 갑자기 단조로운 바람 소리를 뚫고 웬 활기찬 소리가 들려왔다. 소리는 일정한 간격을 두며 점차 커져 아주 잘 들렸다가 다시 고른 간격을 두고 약해지곤 했다. 의심의 여지가 없었다. 늑대였다. 멀지 않은 곳에서 늑대가 울어 그 소리가 바람을 타고 또렷이 들려왔고, 늑대가 턱을 움직임에 따라 울음소리가 바뀌는 것까지 선명히 들렸다. 바실리 안드레이치는 외투 깃을 젖히고 신경을 곤두세운 채 귀를 기울였다. 무호르트이도 귀를 움직이며 긴장한 채 소리를 듣고 있었다. 그러다 늑대가 울음을 멈추자 발을 번갈아 내디디며 경고하듯 푸르릉거렸다. 이 일이 있고 난 후 바실리 안드레이치는 더 이상 잠이 들 수 없었을 뿐만 아니라 마음을 가라앉힐 수도 없었다. 자신의 계산, 사업, 명성, 업적, 재산에 대해 생각하려고 애를 쓰면 쓸수록 그는 더욱더 겁에 질렸다. 그리고 그 어떤 생각보다 그를 놔주지 않고 다른 생각들과 섞였던 건 뭣 때문에 그리슈키노에 남아 자지 않았느냐는 생각이었다.

"망할 놈의 숲 같으니, 그게 없어도 사업에는 지장 없어. 아이고, 자고 오는 건데!"

그는 홀로 중얼거렸다.

'술에 취하면 얼어 죽는다는데.'

그런 생각이 들었다.

'난 한 잔 했어.'

그는 자신의 감각을 점검하다가 추위 때문인지 아니면 두려움 때문인지는 모르겠지만 하여튼 자신이 떨기 시작하고 있음을 느꼈다. 그는 몸을 감싼 후 아까처럼 누워 있어보려 했으나 그건 이제 불가능했다. 그는 자리에 가만히 누워 있을 수가 없었다. 그는 자신의 내부에서 자꾸만 커져가고 자신이 느끼기에도 도무지 마땅한 대응책이 없는 공포를 이겨내기 위해 자리에서 일어나 뭔가 하고 싶었다. 그는 다시 담배와 성냥을 꺼내 들었다. 그러나 성냥은 딱 세 개만 남았고 그마저 가장 품질이 떨어지는 것들이었다. 세 개 모두 유황이 떨어져 나가 불이 켜지지 않았다.

"에라, 이 빌어먹을, 꺼져버려라!"

그는 누굴 욕하는지 자신도 모르면서 뭉개진 담배 한 개비를 내던졌다. 성냥갑도 내동댕이치려다가 멈추고 주머니에 도로 집어넣었다. 그는 더 이상 제자리에 있을 수 없을 것 같은 불안감에 사로잡혔다. 그는 썰매에서 내려 바람을 등에 맞으며 허리띠를 들어올렸다 내린 후 단단히 고쳐 맸다.

'뭐 하러 누워서 죽음을 기다려! 말을 타고, 가는 거야.'

갑자기 그런 생각이 떠올랐다.

'사람이 타면 말은 서 있지 않을 거니까.'

그는 니키타에 대해 잠시 생각했다.

'저 친구는 죽어도 그만이야. 저 친구의 인생이 뭐 대단하다고! 저 친구는 자신의 인생에 미련이 없을 거야. 하지만 난 살아야 할 이유가 있어, 다행히…….'

그는 말을 풀고 목 너머로 고삐를 던진 후 말에 올라타려 했다. 그러나 외투와 장화가 너무 무거워 떨어지고 말았다. 그러자 썰매에 올라가 거기서 올라타보았다. 그러나 그가 무거워 썰매가 기우는 바람에 다시 실패했다. 그러자 말을 썰매 쪽으로 움직이게 한 후 조심스럽게 썰매 한쪽 끝을 딛고 서서 말의 등에 가로로 엎어지는 데 가까스로 성공했다. 그렇게 엎드려서 앞으로 한 번, 두 번 움직이다 한쪽 다리를 말 등 너머로 넘길 수 있었고 이어서 마침내 말 엉덩이 띠에 세로로 매어진 끈을 발뒤꿈치로 누르며 몸을 일으켜 앉는 데 성공했다. 썰매가 흔들거리는 바람에 니키타는 잠에서 깨어났다. 니키타가 몸을 일으켰다. 그게 바실리 안드레이치에게는 그가 무슨 말인가 하는 것처럼 보였다.

"느네들 같은 바보 말을 들어봐! 개죽음밖에 더 해?"

바실리 안드레이치는 소리를 질렀다. 그는 펄럭이는 털외투 자락을 무릎 아래에 쑤셔 넣으며 말을 돌린 후 썰매를 뒤로하고 숲과 감시초소가 틀림없이 있을 것으로 추정되는 방향으로 말을 몰았다.

7

니키타는 막베 자루를 뒤집어쓰고 썰매 뒤에 앉은 이래 꼼짝도 하지 않고 있었다. 자연과 더불어 살며 결핍이 뭔지 아는 사람들이 다 그렇듯이 그 또한 불안해하거나 초조해하지 않고 인내심을 갖고 침착하게 몇 시간, 심지어 며칠이고 기다릴 줄 알았다. 그는 주인이 자기를 부르는 걸 들었지만 대꾸하지 않았다. 움직이기도 대답하기도 싫었기 때문이다. 떠나기 전에 뜨거운 차를 마시고 눈구덩이를 기어오르느라 많이 움직여 아직 따뜻했지만 이 온기가 오래 지속되지는 않을 거라는 걸 그는 알고 있었다. 또한 움직여 몸을 데울 수도 없다는 것 또한 잘 알고 있었다. 그는 기진맥진한 나머지 채찍질을 해도 더 이상 가지 못하고 멈춰 선 말처럼 자신도 탈진 상태임을 느끼고 있었다. 또한 말을 다시 움직이기 위해서는 먹이를 주어야 한다는 것도 알고 있었다. 한편 구멍 뚫린 장화 속에 들어 있던 한쪽 발은 차가워졌고 엄지발가락에 대한 느낌 또한 사라졌다. 뿐만 아니라 몸 전체가 조금씩 차가워지고 있었다. 자신이 오늘 밤 얼어 죽을 가능성이 매우 높다는 생각이 들었지만 특별히 기분이 나쁘거나 무섭지는 않았다. 이 생각이 딱히 싫지 않았던 건 그의 삶이 기쁜 날의 연속이기는커녕 그 반대로 끝이 보이지 않는 힘든 일의 연속이어서 그도 지치기 시작했기 때문이다. 또 이 생각이 특별히 무섭지 않았던 건 그가 바실리 안드레이치 같은 주인을 섬기기는 하지만, 자신은 살아 숨쉬는 한 자신을 이 세상에 보낸 주님의 종이라는 느낌을 항상 갖고 있었기 때문이다. 또 설혹 죽음이 찾아오더라도 자신은 주님의 보호를 받을 것이고 주님은 자신을 심하게 대하지 않을 것임을 그는 알고 있었다.

'몸에 배고 익숙한 것을 포기하는 게 아깝다고? 어때, 할 수 없지, 새로운 것에 적응하면 되지.'

'죄?'

그러자 자신의 음주벽, 술값으로 나간 돈, 아내에게 심하게 한 일, 욕설, 교회를 등한시한 일, 육식 금기를 깨뜨린 일 그리고 고해성사할 때 사제가 지적하며 나무란 모든 것이 생각났다.

'그래, 죄이긴 하지. 그렇지만 이게 다 내 잘못이야? 하느님이 만드신 거야. 그래도 죄는 죄야! 빠져나갈 구멍이 있을까?'

그는 이날 밤 자신에게 일어날 일에 대해 잠시 생각하다가 그만두었다. 대신 자꾸만 머릿속에 떠오르는 지난 일에 빠져들었다. 마르파가 도착하던 것, 일꾼들의 음주벽, 자신의 금주선언, 오늘 길 떠나온 것, 타라스 씨의 농가, 그 집 가족의 재산 분할에 관한 이야기, 어린 자식, 지금 막베 자루를 등에 얹고 추위를 견디고 있는 무호르트이, 삐걱거리는 썰매 안에서 몸을 뒤척이는 주인에 대해 골똘히 생각했다.

'나리도 출발한 게 맘이 편하지 않을 거야.'

그는 생각에 잠겼다.

'게다가 죽는 건 정말 싫을 거야. 우리와는 다르게 살아왔으니까.'

이런저런 지난 일들이 머릿속에서 뒤엉켜 섞이기 시작했다. 그는 잠에 빠져들었다.

그러다 바실리 안드레이치가 말에 올라타며 그가 기대어 앉아 있던 썰매를 흔들다 거세게 밀치자 썰매의 미끄럼대가 그의 등에 부딪혔다. 그 바람에 그는 잠에서 깨어 싫든 좋든 간에 자세를 바꾸게 되었다. 그는 간신히 다리를 펴고 쌓인 눈을 턴 후 몸을 일으켰다. 그러자 금세 극심한 추위가 온몸을 파고들었다. 그는 그

원인을 깨닫고 몸을 감싸기 위해 이제 말에게는 필요 없게 된 막베 자루를 두고 가라고 바실리 안드레이치에게 외쳤다.

그러나 바실리 안드레이치는 그냥 눈보라 속으로 사라져버렸다.

니키타는 혼자가 되자 이제 어떡해야 좋을지 잠시 생각했다. 집이나 마을을 찾으러 나서기엔 자신이 너무 쇠약해졌다는 걸 그는 느끼고 있었다. 조금 전 앉아 있던 자리에 다시 앉는 것도 어느새 눈이 잔뜩 쌓여 이제는 불가능했다. 썰매 안이라고 해서 특별히 보온에 적합할 것 같지는 않았다. 몸을 감쌀 것이 전혀 없었기 때문이다. 얇은 코트나 외투도 이젠 그의 몸을 전혀 따뜻이 해주지 못했다. 너무도 추운 나머지 달랑 루바슈카 한 장만 걸치고 있는 듯한 느낌이 들었다. 겁이 나기 시작했다.

"하느님 아버지!"

그는 이렇게 뇌었다. 그러자 자신이 혼자가 아니라 누군가 자신의 말에 귀 기울이고 자신을 버리지 않을 거라는 생각이 들었고, 이내 마음이 진정되었다. 그는 한숨을 내쉰 후 머리에 뒤집어쓰고 있던 막베 자루를 그대로 둔 채 썰매에 올라 주인이 있던 자리에 가서 몸을 뉘었다.

그러나 썰매 안에서도 몸을 전혀 따뜻하게 할 수 없었다. 먼저 온몸이 심하게 떨려왔다. 뒤이어 경련이 사라지자 그는 조금씩 의식을 잃어갔다. 죽어가고 있는 건지 잠이 드는 건지 그는 알지 못했다. 그렇지만 어느 것이 되었든 자신은 그걸 받아들일 준비가 되어 있음을 느끼고 있었다.

8

그 사이 바실리 안드레이치는 발과 고삐 끝을 동원해서 왠지 숲과 초소가 있을 것 같은 방향으로 말을 다그치며 가고 있었다. 눈이 시야를 가리고 바람은 그를 붙잡아둘 기세로 맹렬히 불었다. 그러나 그는 앞으로 몸을 숙이고 쉴 새 없이 털외투로 몸을 감싸는 한편, 타고 가는 데 방해가 되는 차가운 마구와 자신의 몸 사이에 외투 자락을 쑤셔 넣으며 연신 말을 몰았다. 말은 그가 모는 방향으로 힘겹게, 그러나 순종하며 느릿느릿 걸었다.

그렇게 오 분가량 그가 생각하기에 똑바로 나아갔지만 말의 머리와 사방이 눈 천지인 벌판을 빼곤 아무것도 보이지 않았고, 들리는 것 또한 말의 귀 언저리와 자신의 외투 깃에 부딪치는 바람

소리 외엔 아무것도 없었다.

 갑자기 눈앞에 뭔가 검은 게 나타났다. 그는 기뻐 설레는 마음으로 마을의 집 담장을 떠올리며 가까이 갔다. 그것은 쉬지 않고 이리저리 움직였다. 그건 마을이 아니라 밭과 밭의 경계에 무성히 자라난 꺽다리쑥이었고 눈 밑에서 솟아나와 눈보라에 한쪽으로 기운 채 마구 흔들리고 있었다. 바람은 쑥을 몰아치며 휘파람 소리를 냈다. 사정없이 바람에 시달리는 쑥의 모습에 어찌된 영문인지 바실리 안드레이치는 몸서리가 쳐져 황급히 말을 몰았다. 그러나 그는 쑥에 다가가며 조금 전과는 완전히 다른 방향으로 말을 몰고 있다는 것은 까마득히 몰랐다. 그는 여전히 자신이 감시초소가 있을 것으로 추정되는 쪽으로 가고 있다고 믿고 있었다. 말이 계속해서 오른쪽으로 가자 그는 말을 왼쪽으로 몰았다.

 다시 눈앞에 뭔가 검은 게 나타났다. 이젠 틀림없이 마을일 거라고 확신하며 그는 기뻐했다. 그러나 그것 역시 무성히 자란 꺽다리쑥으로 뒤덮인 밭 경계였다. 바람에 사정없이 시달리는 메마른 잡초의 모습은 또다시 바실리 안드레이치에게 까닭 모를 공포를 불러일으켰다. 아까 본 잡초를 다시 보았기 때문만은 아니었다. 그 옆에는 바람에 흐트러지긴 했지만 말발굽 자국이 남아 있었다. 바실리 안드레이치는 말을 멈추고 허리를 굽혀 자국을 살펴보았다. 그것은 눈에 조금 덮이긴 했어도 틀림없는 말발굽 자국이었고 다른 말이 아니라 바로 자신이 탄 말의 것이었다. 제자리에서 빙빙 돌았던 것이다. 그것도 좁은 지역에서.

'이렇게 죽는구나!'

순간 그는 생각했다. 그는 공황상태에 빠지지 않기 위해 아까보다 더 심하게 말을 다그치기 시작했다. 앞이 보이지 않는 하얀 눈보라 속을 들여다보며 그는 순간순간 눈에 띄었다 사라지기를 반복하는 불빛이 있다고 생각했다. 한번은 개 짖는 소리인지 늑대 울음소리인지 어떤 소리가 들리는 것 같았지만 그 소리가 워낙 희미하고 확실치 않았기 때문에 과연 정말 들었는지 아니면 그런 착각이 들었는지 알 수 없었다. 그래서 그는 말을 잠시 멈추고 정신을 집중해 듣기 시작했다.

느닷없이 그의 귀 근처에서 웬 끔찍한 비명이 귀가 멍하도록 울렸고 그가 있던 자리 전체가 사정없이 떨리고 후들거렸다. 바실리 안드레이치는 말의 목을 붙잡았다. 그러나 목 또한 떨리고 있었고 섬뜩한 비명은 더 심해졌다. 몇 초간 바실리 안드레이치는 제정신이 아니었고 무슨 일이 일어난 건지 삼을 잡지도 못했다. 사실인즉 무호르트이가 스스로 용기를 불어넣기 위해서였는지 아니면 누군가에게 도움을 청하기 위해서였는지는 모르겠지만 아무튼 큰 소리로 우렁차게 울부짖었던 것이었다.

"이런 망할 자식 봤나! 사람을 놀라게 하고그래, 빌어먹을 녀석!"

그는 혼자 투덜댔다. 그렇지만 자신이 겁을 먹게 된 진짜 이유를 알고 난 후부터는 두려움을 떨치지 못했다.

"생각을 가다듬어야 해, 침착해야 해."

그는 이렇게 중얼거리자마자 더 이상 견디지 못하고 정신없이 말을 몰았다. 그 결과 자신이 맞바람을 맞으며 달리는지 바람을 뒤로하고 달리는지 전혀 의식하지 못했다. 그의 몸, 특히 외투 자락에 덮이지 못한 채 마구에 닿던 부분은 말이 걸을 때마다 얼어붙어 살을 에듯 아파왔고 두 손과 두 다리는 심하게 떨렸으며 호흡은 자꾸 끊어졌다. 그는 이 몸서리쳐지는 눈 덮인 벌판 한가운데서 자신이 죽어가고 있으며 살길은 없다는 것을 깨달았다.

갑자기 타고 있던 말이 뭔가에 부딪혀 넘어지더니 눈 더미 속에 빠져 버둥대다가 모로 쓰러져버렸다. 바실리 안드레이치는 말에서 뛰어내렸다. 뛰어내릴 때 한쪽 발을 딛고 있던 엉덩이 띠를 옆으로 벗기고 마구도 벗겼다. 바실리 안드레이치가 내리자마자 말은 자세를 바로잡고 앞으로 몸을 빼며 한 걸음, 한 걸음 뛰어보려 애썼다. 그러다 다시 히힝거리더니 막베 자루와 엉덩이 띠를 질질 끌고 눈 더미 속에 바실리 안드레이치를 홀로 남겨둔 채 시야에서 사라졌다. 바실리 안드레이치는 말의 뒤를 쫓아갔다. 그러나 눈이 너무 많이 쌓인 데다 입고 있던 털외투가 너무 무거워

걸음을 옮길 때마다 다리가 무릎까지 눈에 빠졌다. 그 결과 스무 걸음도 채 못 가서 숨이 차올라 멈춰 서고 말았다.

'숲, 양, 임차 토지, 가게, 여인숙, 철 지붕 집, 내 후계자.'

그는 생각에 젖어들었다.

'어떻게 이 모든 걸 두고 가? 대체 무엇 때문에? 그럴 순 없어!'

이런 생각이 머릿속을 파고들었다. 그러자 자신이 두 번씩이나 마주친, 바람에 시달리던 꺽다리쑥이 갑자기 떠올랐다. 다시 공포가 밀려오자 그는 자신에게 일어나고 있는 일을 현실로 받아들이지 못했다. 그는 잠시 생각했다.

'아무려면 이 모든 게 꿈이겠지?'

그러면서 깨어나보려 했지만 허사였다. 얼굴에 쏟아지며 사신을 차곡차곡 덮고 있는 것도 눈, 장갑을 잃어버려 맨손이 된 오른손을 얼게 하는 것도 진짜 눈이었다. 그리고 그가 키 큰 쑥처럼 홀로, 이제 곧 들이닥칠, 피할 수 없는 무의미한 죽음을 기다리고 있는 곳 또한 실제 허허벌판이었다.

"성모님, 성부 니콜라이, 절제의 스승이시여."

그는 어제 드렸던 기도, 검은 얼굴에 금색 장식을 두른 성상, 그리고 이 성상에 덧붙여 그가 판매한 후 곧바로 다시 돌려받아 별로 타지 않은 상태로 상자에 넣은 양초들이 생각났다. 그는 이어 바로 이 기적을 행하는 니콜라이에게 기도와 양초를 바칠 것을 약속하며 자신을 구해달라고 빌기 시작했다. 그러나 여기서 그는 성상의 얼굴, 금색 장식, 양초, 사제, 기도 등 이 모든 게 교회에서는 대단히 중요하고 또 필요하지만 지금 여기서는 아무런 도움도 되지 않는다는 것, 양초며 기도와 그 자신이 지금 처한 처량한 상황 사이에는 아무런 연관이 없고 또 없을 수밖에 없다는 것을 분명히 그리고 확실히 깨달았다.

'용기를 잃어선 안 돼.'

그는 생각했다.

'말의 발자국을 따라가야 해. 안 그러면 곧 눈이 쌓여 안 보일 거야.'

한 가지 생각이 떠올랐다.

'말이 안내할 거야. 어쩌면 따라잡을지도 몰라. 서두르지 말자. 서둘렀단 숨이 막혀 죽기 딱 좋아.'

그러나 차분히 가려고 마음먹었던 것과 달리 그는 앞으로 내달려 기어오르다 넘어지고 다시 일어서기를 되풀이했다. 눈이 그다지 높이 쌓여 있지 않았던 곳에 남은 말 발자국은 벌써 알아보기 힘들었다.

'죽었다.'

바실리 안드레이치는 생각했다.

'발자국도 없어질 거고 말도 못 따라잡을 거야.'

바로 이 순간 앞을 보자 뭔가 검은 게 눈에 들어왔다. 무호르트이였다. 무호르트이만이 아니었다. 썰매도, 스카프가 매달린 썰매채도 보였다. 무호르트이는 옆으로 비스듬히 엉덩이 끈과 막베 자루를 매단 채 이전과는 달리 썰매채에 가까이 서서 자꾸만 아래로 끌어당기는 고삐를 뿌리치며 머리를 흔들고 있었다. 결국 바실리 안드레이치가 빠진 눈구덩이는 니키타도 빠진 적이 있는 바로 그 눈구덩이였고, 말이 그를 다시 썰매가 있는 데로 인도했으며, 그가 말에서 뛰어내린 지점은 썰매가 있는 곳에서 쉰 걸음도 떨어지지 않은 곳이었다.

9

간신히 썰매에 이른 바실리 안드레이치는 썰매를 붙잡고 오랫동안 꼼짝도 하지 않고 서서 마음을 가라앉히고 숨을 고르려 애썼다. 니키타는 이전 자리에 없었고 썰매 안에 벌써 눈을 잔뜩 뒤집어쓴 채 뭔가 누워 있었는데, 바실리 안드레이치는 그게 니키타일 거라고 생각했다. 그가 느꼈던 공포는 말끔히 사라졌다. 그가 두려워하는 게 있다면 말에게서, 떨어졌을 때 그리고 특히 그가 눈구덩이에 홀로 남겨졌을 때 경험했던 공황에 빠지는 것이었다. 무슨 수를 쓰든 그러한 공포가 엄습하도록 놔두어선 안 되었다. 그래서 뭔가 해야 했고 또 뭔가에 몰두할 필요가 있었다. 그래서 그가 맨 먼저 한 일은 바람을 등지고 털외투 단추를 푸는 것이었다. 다음엔 숨을 좀 돌리자마자 장화와 왼쪽 장갑 속에 스며든 눈을 털어냈다. 오른쪽 장갑은 찾을 가망이 없었다. 어딘가 떨어져 반아르신가량 쌓인 눈 속 깊이 묻혀 있을 것이다. 그런 후 그는 농부들이 짐수레에서 날라 온 곡물을 사러 가게에서 나올 때 그랬듯이 허리띠를 단단히 낮춰 매며 채비를 했다. 그가 생각하기에 제일 먼저 해야 할 일은 고삐에 엉킨 말의 발을 풀어주는 것이었다. 그렇게 한 후 바실리 안드레이치는 무호르트이를 이전처럼 썰매 앞쪽의 꺾쇠에 맸다. 그런 후 엉덩이 띠와 마구, 막베 자루를 등에 제대로 얹어주기 위해 말 뒤쪽으로 걸어갔다. 바로 이때 눈을 잔뜩 뒤집어쓴 머리가 썰매 안 눈 속에서 꿈틀대다 모습을 드러내는 게 보였다. 니키타였다. 이미 몸이 얼 대로 언 상태에서 니키타는 있는 힘을 다해 몸을 일으켜 세워 앉은 후 마치 파리를 쫓기라도 하려는 듯 어색하게 한쪽 손을 들어 코앞의 허공을 저었다. 그는 손을 저으며 뭔가 중얼거렸는데 바실리 안드레이치에게는 자신을 부르는 것으로 들렸다. 바실리 안드레이치는 막베 자루를 놔두고 썰매에 가까이 갔다. 그러고는 물었다.

"왜 그래? 뭐라고 하는 거야?"

"나 주욱-어-요, 그러니까."

니키타가 끊어지는 목소리로 안간힘을 쓰면서 말했다.

"내가 번 돈은 아들놈에게 주세요, 아니면 마누라에게. 아무래도 좋아요."

"왜 그래? 정말 얼어 죽는 거야?"

바실리 안드레이치가 물었다.

"느껴져요, 죽음이……. 용서해주세요, 하느님, 제발……."

니키타는 마치 파리를 쫓기라도 하려는 양 두 손을 들어 연신 허공을 저으며 울먹이는 목소리로 말했다.

바실리 안드레이치는 얼어붙은 듯 말없이 삼십 초가량 서 있었다. 그러다 유리하게 물건을 살 때면 손뼉을 치며 그랬듯이 갑자기 힘차게 움직였다. 먼저 한 걸음 물러서서 양 소매를 걷어붙인 후 두 손으로 니키타의 몸과 썰매 안에 쌓인 눈을 걷어내기 시작했다. 눈이 치워지자 그는 서둘러 허리띠를 풀고 털외투 앞섶을 활짝 열어젖혔다. 이어서 니키타를 누이고 그의 위에 엎드려 그를 자신의 털외투와 따뜻이 데워진 몸으로 감쌌다. 그는 양손으로는 니키타와 썰매의 나무 바닥 사이에 외투 자락을 밀어 넣고 무릎으로는 외투 끝자락을 누르며 머리는 썰매의 앞부분 나무에 바싹 붙인 채 엎드렸다. 그러기를 한참, 말의 움직임도 눈보라가 치는 소리도 들리지 않았다. 들려오는 건 오로지 니키타의 숨소리뿐이었다. 처음에 니키타는 오랫동안 꼼짝도 하지 않고 누워 있었다. 그러다 크게 숨을 내쉬며 몸을 조금 들썩였다.

"그래, 그래야지. 근데 자넨 뭐 죽는다고그래. 누워 있어, 따뜻해질 거야. 우리 이렇게 말이야……"

바실리 안드레이치는 입을 열었다.

그러나 그 자신도 깜짝 놀랐지만 말을 잇지 못했다. 눈물이 고여오고 아래턱이 심하게 떨리기 시작했기 때문이다. 그는 말을 멈추고 목에 차오르는 걸 차근차근 삼켰다.

'너무 무서워한 것 같아. 나도 참 많이 약해졌어.'

그는 생각했다. 그러나 이 약함이 싫기는커녕 여태껏 느껴보지 못한 각별한 기쁨으로 다가왔다.

"우리 이렇게 말이야."

그는 각별하고도 장엄한 감동을 맛보며 중얼거렸다. 상당히 오랜 시간 그렇게 그는 눈을 외투의 털에 문지르고 끊임없이 바람에 펄럭이는 오른쪽 외투 자락을 무릎 아래에 쑤셔 넣으며 말없이 엎드려 있었다. 그렇지만 그는 누군가에게 자신이 느끼고 있는 기쁨에 대해 얘기하고 싶어 미칠 지경이었다.

"니키타!"

그가 불렀다.

"아, 좋아, 따뜻해."

아래에서 소리가 들려왔다.

"그것 봐, 이 친구야, 난 죽을 뻔했다고. 자네 얼어 죽을 뻔했고 나도……"

다시 턱이 심하게 떨리기 시작했고 눈물이 가득 고여와 그는 말을 잇지 못했다.

'괜찮아, 난 나 자신에 대해 잘 알아, 내가 뭘 알고 있는지 안다고.'

그는 이렇게 생각하고 입을 다물었다. 그런 후 그렇게 오래 엎드려 있었다.

그의 몸은 아래에 누워 있는 니키타와 위에 덮여 있는 외투 덕분에 따뜻했다. 다만 니키타의 옆구리에 털외투 자락을 쑤셔 넣고 있는 양손과 쉴 새 없이 바람이 외투를 열어젖히는 바람에 추위에 노출된 양다리는 꽁꽁 얼어갔다. 장갑을 잃어버린 오른손이 특히 그랬다. 그렇지만 그는 양다리, 양손에 대해선 생각하지 않았고 오로지 자신의 아래에 누워 있는 농부의 몸을 어떻게 하면 따뜻하게 할 수 있을까에만 정신을 쏟았다.

그는 여러 번 말을 쳐다보며 말 등에 아무것도 깔려 있지 않고 막베 자루가 엉덩이 띠와 더불어 눈 위에 떨어져 있는 걸 보았다. 일어나서 말을 덮어주어야 했다. 그러나 한시도 니키타를 내버려 둘 수는 없는 노릇이었다. 뿐만 아니라 모처럼 맛보는 좋은 기분을 잡치고 싶지 않았다. 이제 두려움 따위는 더 이상 느껴지지 않았다.

"걱정 마, 이 친구, 이번엔 안 놓칠 거야."

그는 농부의 체온을 높여주며 예전에 물건을 사고파는 얘기를 하던 때 그랬던 것처럼 의기양양하게 중얼거렸다.

그렇게 한 시간, 두 시간, 세 시간 엎드려 있었지만 그는 어떻게 시간이 지나갔는지 깨닫지 못했다. 비몽사몽간에 눈앞에 어른거리던 눈보라, 썰매채, 아래에 누워 있는 니키타가 떠올랐다. 이어서 축제의 기억, 아내, 경찰서장, 양초 상자가 뒤섞여 나타났다. 그러다 다시 이번에는 상자 아래 누워 있던 니키타가 생각났다. 그런 후 이 모든 추억은 뒤죽박죽이 되어 무지개 색깔처럼 뒤섞였다가 흰색이 되었다. 그는 잠에 빠져들었다. 그는 꿈도 꾸지 않고 오래오래 잤다. 그러다 새벽 무렵 다시 꿈을 꾸었다. 꿈에서 그는 양초 상자 옆에 서 있었다. 티혼의 마누라가 명절에 쓸 5코페이카짜리 양초를 달라고 해서 초를 그녀에게 주려는데 두 손이 호주머니에서 빠져나오지도 않고 올려지지도 않았다. 상자를 둘러보려 했으나 다리가 말을 듣지 않았다. 그리고 깨끗이 닦은 새 덧신은 돌로 된 바닥에 달라붙어서 발을 뗄 수도 신을 벗을 수도 없었다. 그러다 갑자기 양초 상자는 침대가 되었고 바실리 안드레이치는 양초 상자 위, 즉 자기 집 침대에 엎드려 있는 자기 자신을 보았다. 그는 몸을 일으킬 수 없었다. 그래도 이반 마트베이치가 곧 그를 데리러 올 것이기에 일어나야만 했다. 서장과 함께 숲을 홍정하러 가든가 아니면 무호르트이의 엉덩이 띠를 바로 매

주기 위해 일어나야 했다. 그래서 아내에게 물었다.

"여보, 그분 안 오셨소?"

"네, 안 오셨어요."

누군가 곁채에 도착하는 소리가 들려왔다. 틀림없어, 서장이야. 아니었다, 옆집이었다.

"여보, 여보, 어떻게 된 거야, 아직도 안 오셨소?"

"네."

그는 침대에서 여전히 몸을 일으키지 못한 채 마냥 기다렸다. 기다림은 힘들었지만 동시에 기쁨도 주었다. 그러다 어느 순간 기쁨이 절정에 달했다. 애타게 기다리던 그분이 오신 것이다. 그분은 경찰서장 이반 마트베이치가 아니었다. 다른 사람, 그가 기다리던 바로 그분이었다. 그분이 와서 그를 불렀다. 그를 부르는 그분은 그를 불러 니키타 위에 엎드리라고 했던 바로 그분이었다. 바실리 안드레이치는 바로 그분이 자기를 데리러 온 게 너무 기뻤다.

"갑니다!"

그는 기쁨에 겨워 소리쳤다. 그리고 이 소리에 그는 깨어났다. 하지만 깨어났을 때 그의 상태는 잠이 들었을 때와는 달랐다. 몸을 일으키려 했으나 일으킬 수 없었고, 손과 발을 차례로 움직여 보았지만 말을 듣지 않았다. 머리를 움직이려 했지만 그마저 여의치 않았다. 그는 적잖이 놀랐으나 조금도 슬프지 않았다. 그는 깨달았다. 그건 죽음이었다. 하지만 조금도 서럽지 않았다. 니키타가 자신의 아래에 누워 몸이 따뜻해졌고 살아 있다는 사실이 생각났다. 그러자 자신이 니키타이고 니키타가 자신이며, 자신의 생명은 자신의 것이 아니라 니키타의 것이라는 생각이 들었다. 그는 신경을 곤두세우고 니키타가 숨을 쉬며 약하게 코까지 고는 소리에 귀를 기울였다.

"살아 있어, 니키타가. 그렇담 나도 살아 있는 거야."

그는 의기양양하게 중얼거렸다.

그는 돈, 가게, 집, 거래 그리고 미로노프네가 가진 수백만 루블에 대해 생각했다. 그러자 어떻게 바실리 브레후노프라는 이름을 가진 사람이 자신이 신경을 쓰고 있던 그 모든 것에 똑같이 신경을 쓰고 있었는지 그는 도무지 영문을 알 수 없었다.

'뭐, 그 친구는 뭐가 뭔지 몰랐던 거지.'

그는 바실리 브레후노프에 대해 그렇게 생각했다.

'그는 몰랐던 거야. 하지만 난 이제 알아. 이젠 확실히 알아. 이젠 안다고.'

아까 자신을 불렀던 목소리가 다시 들려왔다.

"가요, 갑니다!"

기쁨과 감격에 겨워 그는 온몸으로 대답했다. 그러자 그는 자신이 자유로워짐을, 또 그 어느 것도 자신을 더 이상 붙들 수 없음을 느꼈다.

이후 이 세상에서 바실리 안드레이치는 더 이상 아무것도 보지도 느끼지도 못했다.

주위는 여전히 휘몰아치는 눈 천지였다. 눈보라는 여전히 기승을 부리며 숨이 끊어진 바실리 안드레이치의 털외투, 사시나무 떨듯 떨고 있는 무호르트이, 보일락 말락 하는 썰매 그리고 썰매 안 깊숙이 숨이 멎은 주인 아래 누워 있는 니키타 위에 눈을 있는 대로 쏟아 부었다.

10

아침이 가까워올 무렵 니키타는 잠에서 깨어났다. 다시 그의 등을 타고 번지기 시작한 추위가 그를 깨웠던 것이다. 그는 꿈을 꾸었다. 주인댁 곡물을 수레에 싣고 방앗간에서 돌아오고 있었는데, 개울을 건너다 그만 다리 부근에서 수레를 진창에 빠뜨리고 말았다. 그래서 수레 아래에 기어들어가 허리를 펴며 수레를 들이 올리려 했다. 그런데 별일이었다! 수레는 그의 등에 찰싹 달라붙어 꿈쩍도 하지 않았다. 그래서 그는 수레를 들어 올리기는커녕 수레 밑에서 빠져나올 수도 없었다.
"저 말이야."
그는 수레로 자신을 누르고 있는 누군가를 향해 말했다.

"거 곡물 포대 좀 치워줘!"

그러나 수레는 더욱 차갑게 그를 압박해왔다. 그러다 갑자기 뭔가 두드리는 듯 생소한 소리가 나며 그는 잠에서 완전히 깨어났고 이어서 모든 게 기억났다. 차가운 수레, 그건 그의 위에 엎드려 얼어 죽은 주인이었다. 두드리는 소리는 무호르트이가 발굽으로 썰매를 두 번 건드린 소리였다.

"안드레이치, 저, 안드레이치!"

끔찍한 진실을 예감하며 니키타는 허리를 펴고 조심스럽게 주인을 불렀다.

그러나 바실리 안드레이치는 반응이 없었다. 그의 배와 두 다리는 뻣뻣했고 차가운 데다 저울추처럼 무겁기조차 했다.

"돌아가신 게야, 틀림없어. 부디 하늘나라에 가셨길!"

니키타는 생각했다.

그는 머리를 돌려 한 손으로 코앞의 눈을 파헤친 후 눈을 떴다. 밝았다. 바람은 여전히 썰매채에 와 부딪혔고 눈 또한 쏟아지고 있었지만 이전과는 차이가 있었다. 더 이상 썰매의 나무 부분에 휘몰아치지 않고 소리 없이 썰매와 말 위에 수북이 쌓이고 있었던 것이다. 게다가 말이 움직이는 소리나 숨 쉬는 소리도 더 이상 들려오지 않았다.

'얘도 얼어 죽었어. 분명해.'

니키타는 무호르트이에 대해 생각했다. 아닌 게 아니라 조금 전 발굽으로 썰매를 두드려 니키타를 깨운 소리는 이제는 딱딱하게 굳어버린 무호르트이가 죽기 전 그래도 두 다리로 서 있으려고 안간힘을 쓰던 소리였다.

"하느님 아버지, 이제 저도 부르시는구려."

니키타는 중얼거렸다.

"주님의 성스러운 뜻대로 하소서. 하지만 무섭습니다. 두 번씩 죽을 순 없습니다요. 한 번으로 족합니다. 어서 거둬주시옵소서 ……."

그는 다시 한쪽 손을 거둬들이고 눈을 감았다. 그리고 이젠 정말 죽게 될 거라고 확신하며 의식을 잃었다.

다음 날 정오에 농부들은 길에서 30사젠, 마을로부터 반베르스타 떨어진 곳에서 삽으로 눈을 파헤치고 바실리 안드레이치와 니키타를 끄집어냈다.

눈은 썰매를 덮고도 남았지만 썰매채와 거기에 달린 스카프는 보였다. 무호르트이는 등에서 엉덩이 띠와 막베 자루가 흘러내린 채 배까지 눈이 쌓여 있었고 뻣뻣해진 목에 머리를 갖다댄 모습으로 숨이 끊어져 있었다. 콧구멍에는 고드름이 주렁주렁 달려 있었고 눈에는 서리가 눈물처럼 서려 있었다. 무호르트이는 하룻밤 새 뼈와 가죽만 남을 정도로 바짝 말라버렸다. 바실리 안드레이치는 얼어버린 시체가 되어 뻣뻣했고 그를 니키타에게서 떼어 냈을 때 그의 팔다리는 활짝 벌려져 있었다. 그의 툭 튀어나온 두 눈은 얼어 있었고 잘 다듬어진 콧수염 아래의 입은 눈으로 가득 차 있었다. 니키타는 온몸에 동상을 입긴 했어도 살아남았다. 그러나 사람들이 깨웠을 때 그는 자신이 이미 죽었고 그가 지금 일어나고 있는 무대는 이 세상이 아니라 저세상이라고 믿어 의심치 않았다. 그러다 그를 파내 얼어 죽은 바실리 안드레이치의 시신으로부터 분리하며 농부들이 소리를 질러대는 게 들려오자 그는 먼저 저세상에서도 농부들이 고함을 지르고 자신의 몸뚱이도 똑같다는 게 의아했다. 그러다 자신이 아직도 이 세상에 있다는 걸 깨닫자 그는 기뻐하기는커녕 오히려 슬퍼했다. 그런 기분은 양쪽 발가락이 동상에 걸렸음을 느꼈을 때 더했다.

  니키타는 두 달간 병원에 누워 있었다. 발가락 세 개가 절단되었지만 나머지 발가락은 괜찮아 일하는 데는 지장이 없었다. 그는 노동일을 하다 나이가 들어 늙어서는 경비 일을 하며 이십 년을 더 살았다. 그는 올해에 이르러서야 자신의 소원대로 촛불을 손에 들고 성화 아래에서 숨을 거두었다. 죽기 전에 그는 아내에게 용서를 빌었고 아내가 통 제조공을 사귄 걸 용서했다. 또한 자식과 손자들에게 미안하다는 말을 남기면서 죽었다. 그는 자신의 죽음으로써 자신을 먹여 살려야 하는 짐에서 아들과 며느리를 해방시켜주었다. 뿐만 아니라 그는 지겨운 이 세상의 삶을 뒤로한 채 해가 가고 시가 바뀜에 따라 자신이 훨씬 이해하기 쉽고 마음이 끌리는 저세상의 삶을 살러 갔다. 그가 이 세상에서 죽음을 경험한 후 저세상에서 잠에서 깨어날 때 그게 그에게 보다 나은지 아니면 나쁜지 누가 알 수 있을까? 거기서 자신이 애타게 기대하던 것을 과연 얻었을까? 아니면 실망하고 말았을까? 우리 모두 곧 알게 될 것이다.

역자 후기

어떻게 살아야 할 것인가

 레프 니콜라예비치 톨스토이가 문학작품을 통해 평생 일관되게 추구한 것 중 중요한 것으로는 삶과 죽음, 자연과 문명, 이성과 감성, 선과 악의 문제에 대한 답을 들 수 있다. 여기에 소개하는 세 작품은 이 중 삶과 죽음의 문제를 다룬 것으로 얼핏 보기에는 죽음에 초점을 맞춘 것 같지만 좀 더 들여다보면 사실은 삶, 즉 어떻게 살아야 할 것인가에 더 무게를 두고 기술한 것임을 알 수 있다.

 「이반 일리치의 죽음」은 1886년에 발표된 작품으로 원래는 1인칭 소설로 구상되었다가 보다 객관적인 성찰이 가능한 3인칭 소설로 집필되었다. 작가는 여기서 겉보기에는 남부러울 게 없는 삶을 영위하던 한 중년의 고위 법조인이 병석에서 죽음을 앞두고 자신의 지난 삶을 반추하며 삶과 죽음의 의미를 깨달아가는 과정을 그리고 있다. 이 작품에 이르러 작가는 비로소 초점을 '어떻게 죽을 것인가' 뿐만 아니라 '어떻게 살 것인가', 보다 엄밀히 말해서 '어떻게 살아야 했는가'에도 맞추고 있다. 그럼으로써 작품은 이전의 작품들에 비해 훨씬 강한 교훈적인 메시지를 담게 된다. 작품은 모두 12개의 장으로 구성되어 있는데 1장은 주인공이 사망한 후 그의 아내와 동료 법조인들의 반응을 묘사하는 에필로그 성격을 지니고 있다. 이어서 2장과 3장은 주인공의 과거 삶의 행적을 묘사하고 있고, 4장부터 12장까지에서는 주인공이 병에 걸려 사망하기까지의 과정이 묘사되었다. 서술기법 면에서 볼 때 시야는 주인공의 외적 세계에서 내적 세계, 즉 심리상태 분석으로 이동하며 이에 따라 작품의 긴장 또한 고조된다. 작품의 말미에 등장하는, 주인공이 죽음의 의미를 깨닫는 장면은 바로 이처럼 연속되어온 긴장이 마침내 해소되는 효과를 낳는다.

이 작품에서도 법조인과 의사, 귀족 들과 같은 이른바 러시아 사회의 지도층 인사들의 부도덕, 위선은 여지없이 폭로되는데 그 시작은 1장에서 찾아볼 수 있다. 주인공 이반 일리치 골로빈('골로빈'은 머리, 두뇌, 지혜를 뜻하는 '골로바'에서 파생된 성)이 45세의 한창 나이에 사망하자 그의 법조계 친구나 동료들은 그의 죽음을 애도하기보다는 그의 죽음이 자신이나 지인들의 자리 이동이나 승진에 어떤 의미를 갖는가에 관심을 갖는다. 한 걸음 더 나아가 자신이 아니라 그가 죽은 데 대해 안도한다. 이들에게 먼저 간 친구의 빈소를 찾는 일은 당연한 일이 아니라 "지겹기 짝이 없는 인사치레"일 따름이다. 그런 고인의 친구들 중 한 사람을 빈소에서 맞이하는 고인의 미망인 또한 진심으로 죽음을 슬퍼하기는커녕 사망에 따른 추가 연금 지급 가능성에만 관심을 기울인다. 이런 이들의 비인간적인 모습을 작가는 위선으로 규정짓고 있다.

  2장과 3장에서는 주인공의 과거의 삶이 묘사되어 있는데 주인공은 평생 "즐겁고 편안하며 법도에 맞는" 삶을 살아가며 그것이 "제대로 된 인생"이라고 믿어 의심치 않는다. 그는 고위관료의 아들로 성장하여 지위가 높은 사람들의 태도, 인생관을 모방하며 출세가도를 달린다. 그러한 생활태도("깨끗한 와이셔츠를 입은 이들이 프랑스어를 사용하며 깨끗한 손으로 벌이는 일", 곧 방탕한 생활)를 바라보는 작가의 시선은 차갑기만 하다. 주인공에게 결혼은 "높은 사람들이 옳다고 여기는 일" "자신에게 좋은 일"을 한다는 것 이상의 의미를 지니지 못한다. 때문에 아내가 임신과 출산을 겪으며 자신에게 투정을 부리자 이를 해결하려 하기보다는 오히려 공무에 몰두하며 '쉽고 편한' 삶을 계속 영위해나간다. 그러다 집안일을 하다 얻은 옆구리의 통증이 중병으로 확대되어 여태까지의 삶이 송두리째 흔들리게 된다. 4장부터는 그가 투병생활을 하며 지난 삶을 성찰해나가는 과정을 그리고 있다. 5장에 이르러서야 주인공은 자신에게 정작 중요한 것은 '맹장이나 신장의 위치'에 기인한 질병이 아니라 삶과 죽음의 문제임을 인식하게 된다("맹장 문제도 신장 문제도 아냐. 삶 그리고…… 죽음의 문제야. 그래, 삶이 있었는데 지금은 떠나가고 있는 거야. 떠나는 중이라고. 근데 나는 그걸 붙들 수 없어"). 그는 이제 죽음에 대한 두려움에서 벗어나지 못한다(6장). 병세가 갈수록 악화되자 의사, 친구, 가족 등 주변 사람들은 그런 그를 동정하기보다는 '과연 그가 곧 자리를 비워줌으로써 산 자들의 고통을 덜어주고 그 자신도 고통으로부터 벗어날 것인가'에만 관심을 쏟는다. 주인공은 이들의 거짓과 위선에 절망한다. 그런 그에게 평온과 안식을 주는 이는 오로지 젊은 하인 게라심뿐이다("오직 게라심 한 사람만이 그의 처지를 이해하고 그를 불쌍히 여겼다" "오로지 게라심 한 사람만이 거짓말을 하지 않았다", 7장). 위선에 가득 찬 주인공의 주변 인물들에 대한 거부감은 작품이 진행될수록 더해간다("그들이 나가자 이반 일리치는 그제야 좀 살 것 같은 느낌이 들었다. 그들과 함께 거짓이 사라졌던 것이다", 8장). 9장에 이르러 주인공은 비로소 처음으로 혹시 자신이 살아온 삶이 잘못된 게 아니었을까 자문한다. 10장에서는 죽음이 현실로 다가오고 11장에서는 자신이 여태까지 살아온 '쉽고 편하며 점잖은 삶'이 사실은 위선으로 가득한 '그게 아닌' 인생, 물질적인 행복을 정신적인 행복으로 착각한 인생, 거짓된 삶이었음을 깨닫게 된다("네가 살아오면서 추구한 것은 죄다 거짓이고 사기야. 그게 네 눈을 가려 삶과 죽음을 못 보게 한 거야"). 12장에 이르러 그는 비로소 이기적으로 살아온 삶을 청산하고 자신 때문에 힘들어하는 주변 사람들을 동정하고 삶에 대한 집착을 접는다("저들이 불쌍해, 저들이 힘들어하지 않도록 해주어야 해. 저들을 해방시켜주고 나도 이 고통으로부터 해방돼야 해"). 그러자 죽음에 대한 공포 또한 사라지고 그는 비로소 안식을 얻는다.

주인공이 죽음의 의미를 깨닫는 데는 농부 출신의 젊은 하인 게라심의 역할이 지대하다. 주인공의 아들과 더불어 그만이 주인공의 처지를 진심으로 동정하고 주인공을 가엾이 여기기 때문이다. 이에 반해 주인공의 부인, 딸 그리고 직장동료들은 물론 의사, 성직자들조차 그에게 진실을 감추고 헛된 희망을 부추기며 그를 진심으로 대하지 않는다. 이 점에서 이들은 「세 죽음」에 등장하는 이들과 별반 다르지 않다. 특히 작품의 첫 머리에 묘사되는 주인공의 법조계 동료들과 부인의 이기적이고 위선적인 태도는 작품 전체에 일관되게 나타난다.

이 작품은 훗날 러시아 작가 이반 부닌의 『샌프란시스코에서 온 신사』(1915), 막심 고리키의 『예고르 불르이초프』(1932)에도 큰

영향을 끼쳤고 철학자 하이데거에게도 사유의 단초를 제공했다.

「세 죽음」은 1859년에 발표된 작품으로 다른 두 작품과는 달리 삶이나 죽음에 대한 성찰보다는 죽음을 맞이하는 태도에 초점이 맞춰져 있다. 작가는 4개의 장에 걸쳐 귀부인, 마부, 나무의 죽음을 묘사하며 죽음을 맞이하는 세 가지 상이한 자세를 보여준다.

먼저 1장에 등장하는 귀부인은 자신을 수행하는 젊은 하녀에게―비록 작가는 직접적으로 언급은 하지 않으나 필시 그녀의 싱싱한 젊음을 질투해서겠지만―짜증을 내는 중환자로 묘사되어 있다. 그녀는 자신의 병을 이해해주지 않는 남편을 포함한 주변 사람들을 원망한다. 이어 3장에 이르러서는 병이 더욱 깊어져 회복될 가망이 없음에도 불구하고 필사적으로 삶에 매달림으로써 주위 사람들을 곤혹스럽게 한다. 이와는 대조적으로 2장에 등장하는 늙은 마부는 죽음을 삶과 마찬가지로 자연의 한 현상으로 받아들임으로써 주위 사람들을 편안하게 한다. 그리고 4장에 등장하는 나무, 즉 2장에서 사망한 마부의 묘비를 만들기 위해 벌채되는 나무는 베어져 '꼭대기를 땅바닥에 부딪치는 것'으로 간단히 언급되어 의연한 죽음을 맞이하는 것으로 묘사되어 있다.

귀부인은 어떻게 해서든지 생명을 연장하려 하며 주위 사람들의 무심한 태도에 서운해한다(작가가 귀부인이 죽음에 이르기까지의 과정을 묘사하는 데 2개의 장을 할애한 것은 귀부인의 삶에 대한 집

착을 강조하기 위한 장치로 풀이할 수 있다. 이와는 달리 늙은 마부의 죽음은 1개의 장 그리고 나무의 죽음은 1개의 장 중에서도 불과 세 단락에 걸쳐 묘사되어 있다). 여기서 주목할 부분은 의사와 성직자들에 대한 묘사로, 귀족들과 더불어 위선에 익숙한 인물들로 그려져 있다. 이들은 귀부인을 진심으로 동정하기보다는 그녀를 다가오는 죽음으로부터 은폐하기에 급급하다. 그렇기 때문에 이들의 가식적인 태도는 죽어가는 귀부인에게 아무런 위안도 주지 못한다. 이와는 달리 늙은 마부나 나무의 최후는 현실적이다 못해 장엄하기조차 하다. 늙은 마부는 죽으면 장화가 필요 없으니 자신에게 장화를 달라는 젊은 마부의 부탁을 선뜻 들어준다. 귀족들이라면 이런 상황에서 장화를 달라는 말을 하지도 못할 뿐만 아니라 그런 말을 하는 것을 죽어가는 이에 대한 예가 아니라며 불경스럽게 여긴다. 이 점에서 귀족들은 가식에 젖어 있고, 현실적인 태도를 견지하는 평민을 무식하고 무례한 집단으로 인식한다. 또한 늙은 마부는 병 때문이긴 하지만 남의 잠자리를 너무 오래 차지한 데 대해서도 주위 사람들에게 미안해하며 차분히 임종을 기다린다. 여기서 가는 이나 보내는 이나 모두 자연의 법칙에 순응하는 평민으로서 별로 슬퍼하지 않는다. 이들은 죽음 또한 삶처럼 자연의 일부로 받아들이기 때문이다. 이 점에서 마부의 죽음은 자연의 순리에 따르는 나무의 죽음과 비슷하다.

「주인과 하인」은 1895년에 발표된 작품으로 이기적인 삶을 살던 한 인간이 자기희생을 통해 삶과 죽음의 의미를 터득하는 과정을 그리고 있다. 이 작품의 주인공 역시 이반 일리치처럼 물질적인 풍요로움에 길들여진 인물로 부의 축적을 위한 이윤 창출을 목적으로 삼는 상인으로 묘사되어 있다. 때문에 목적을 이루기 위해서는 거짓말을 다반사로 하고(그의 성 '브레후노프'는 '거짓말쟁이'라는 뜻인 '브레훈'에서 파생되었음) 자신이 부리는 하인의 임금 착취도 불사하는 탐욕스러운 인물로 그려지고 있다. 그는 또한 농부들을 무식하고 무지몽매하다 하여 열등인간으로 취급한다("저 친구는 죽어도 그만이야. 저 친구의 인생이 뭐 대단하다고!", 6장). 그런 그가 작품 말미에 자신을 따라나섰다가 동사 위기에 직면한 하인을 자신의 체온으로 데우며 살려내고 자신은 숨을 거두는 데는 자신도 모르는 사이에 자기희생을 통한 이웃 사랑의 실천이 작용하고 있다. 그렇게 볼 때 이 작품은 탐욕스러운 한 인간이 극한상황에서 극적으로 선한 인간으로 변모하는 과정을 그린 작품이다.

작품은 총 10개의 장으로 구성되어 있고 시간대는 12월 7일과 8일, 단 이틀에 불과하다. 1장부터 8장까지는 주인공이 많은 이득을 남길 수 있는 숲을 구입하기 위해 하인 니키타를 데리고 나섰다가 눈보라에 갇히는 과정을 묘사하고 있고, 10장은 브레후노프 덕분에 살아난 니키타의 이후 삶을 짤막하게 그리는 전형적인 에필로그의 성격을 지니고 있다. 이 중 핵심 장은 주인공이 진리를 터득하게 되는 9장으로, 시간대는 12월 7일 밤에서 12월 8일 새벽이다. 이처럼 짧은 시간에 주인공에게 일어나는 변화는 무엇일까? 외적으로는 눈보라에 갇혀 하룻밤을 지새우다 우여곡절 끝에 동사 직전에 있던 하인을 자신의 체온으로 데워 살리는 것이고, 내적으로는 그 와중에 하인을 비로소 자신과 대등한 인간으로 인식하고 죽음을 기쁨으로 받아들이는 것이다. 사실 허허벌판에서 길을 잃고 눈보라에 갇히지 않았다면, 또 하인이 동사 위기에 처하지 않았다면 주인공이 그런 행동을 했을 리 만무하다. 주인공이 하인을 구하기 위해 결심하는 장면은—그는 오로지 죽어가는 하인의 모습과 하인이 가까스로 입 밖에 내는 '죽음이 임박했다'는 말에 잠시 서 있다 이윽고 하인의 생명을 구하려는 행동에 들어간다—갑자기 일어나는 일로 앞뒤 연결고리가 약하다. 이처럼 일견 논리적 설득력이 약해 보이는 장면은 톨스토이의 다른 작품에서도 간간이 발견되는 것으로(일례로 『전쟁과 평화』에서 주인공 피에르 베주호프가 나폴레옹 군대가 모스크바에 진주할 때 자신을 부모로부터 떨어진 어린 소녀의 아버지라고 하며 소녀를 구출하는 장면, 3권 3부 33장) 톨스토이는 이럴 때 "갑자기" "자신도 모르는 사이에"와 같은 부가어를 사용함으로써 외적인 논리적 타당성의 부족을 보완한다. 그러나 한꺼풀 벗겨보면 앞의 작품에서 이반 일리치나 여기서 브레후노프가 보이는 행동은 논리적이거나 이성적인 기반, 계산에서 비롯된 것이 아니라 감성적이며 앞뒤 따지지 않고 즉흥적으로 일어나는 행동이다. 이렇게 볼 때 여기에는 '선의 구현은 계산된 것이 아니다', 바꿔 말하면 '계산된 선은 옳다 할 수 없다'는 톨스토이의 견해가 드러나 있다고 할 수 있다.

주인공 브레후노프의 삶의 목표는 오로지 부의 축적과 이의 확대 재생산이기 때문에(6장) 그에게는 죽음 자체에 대한 두려움보다는 이를 잃거나 지속할 수 없을 것 같다는 두려움이 더욱 크다 ("숲, 양, 임차 토지, 가게, 여인숙, 철 지붕 집, 내 후계자…… 어떻게 이 모든 걸 두고 가?", 8장). 이와는 대조적으로 하인 니키타는 자신이 살아온 삶이 고난의 연속이었고 죽음이 도래하더라도 하느님은 자신을 버리지 않을 것이라는 믿음을 가지고 있기에 죽음을 두려워하지 않는다. 또한 죽음을 '익숙한 것—즉, 삶—을 포기하고 새로운 것에 적응하는 것'으로 인식함으로써 삶처럼 자연스러운 자연의 한 현상으로 받아들이고 있다. 그런 점에서 하인 니키타는 러시아 민담의 전통적인 주인공인 '바보 이반', 계산속이 어두워 남에게 이용당하기 일쑤인 순박하고 선한 순교자의 형상이다.

브레후노프가 9장에서 니키타를 자신의 체온으로 데우며 여태까지 경험하지 못했던 자기희생의 기쁨을 맛보고 그를 대등한 인간으로 인식해가는 장면은 그의 여태까지의 삶에 대한 반성이자 갱생의 성격을 갖는다("따뜻해질 거야. 우리 이렇게 말이야" "이 친구, 이번엔 안 놓칠 거야"). 이러한 인식은 시간이 흐를수록 고양되어 마침내 자신과 니키타를 동일시하게 되고("자신이 니키타이고 니키타가 자신이며, 자신의 생명은 자신의 것이 아니라 니키타의 것이라는 생각이 들었다") 그럼으로써 그에게 죽음은 더이상 두려움의 대상이 되지 못한다. 그가 죽음에 임박하여 자신을 데리러 온 하느님의 존재를 인식하는 장면은 7장에서 니키타가 하느님을 인식하는 장면과 같다. 그리고 그 하느님은 그에게 자기희생을 통해 이웃 사랑을 실천하도록 한 존재이기도 하다("그를 부르는 그분은 그를 불러 니키타 위에 엎드리라고 했던 바로 그분이었다. 바실리 안드레이치는 바로 그분이 자기를 데리러 온 게 너무 기뻤다"). 이 작품에 이르러 톨스토이는 비로소 죽음을 꿈에서 깨어남과 같은 추상적인 실체로 인식하기보다는 종교적인 실체로 인식한다. 그렇기는 해도 톨스토이에게 사후세계는 여전히 불가사의로 남는다. "거기서 자신이 애타게 기대하던 것을 과연 얻었을까? 아니면 실망하고 말았을까? 우리 모두 곧 알게 될 것이다."

  결국 톨스토이가 세 작품에서 보여주고자 하는 것은 물욕에서 벗어나 인간미를 잃지 않는 진솔한 삶의 중요성이라고 할 수 있다.

옮긴이 고일

톨스토이 연보

1828년   8월 28일 니콜라이 일리치 톨스토이 백작과 마리아 틀로다야(결혼 전 성은 볼콘스카야) 백작부인의 5남매 중 4남으로 영지 야스나야 폴랴나 에서 출생.

1830년   어머니 사망.

1837년   모스크바로 이주. 아버지 사망. 먼 친척 타티야나 예르골스카야 부인이 5남매를 돌봄. 큰고모 알렉산느라 오스텐-자켄 백작부인이 후견인이 됨.

1841년   알렉산드라 오스텐-자켄 백작부인 사망. 작은고모 펠라게야 유시코바가 새로운 후견인이 됨.

1844년   카잔대학교 동양어학부에 입학하여 투르크어, 페르시아어 전공.

1845년   같은 대학교 법학부로 전학.

1847년   3월 17일 일기를 쓰기 시작. 카잔대학교 자퇴. 영지 야스나야 폴랴나로 이주.

1851년　3월 톨스토이 최초의 문학작품 「어제 이야기」 저술. 미완성으로 남음. 4월 형 니콜라이를 따라 카프카스 지방으로 감. 이곳에서 소위보로 군에 입대하여 산악부족과의 전투에 참여. 틈틈이 창작활동.

1852년　문학잡지 《소브레멘니크》에 「소년시절」 발표.

1854년　다뉴브 군으로 전속. 이어 크림반도로 전출. 10월 중 《소브레멘니크》에 「청소년시절」 발표.

1855년　「당구 계수원의 수기」 「산림 벌채」 발표. 세바스토폴 공방전에 참가. 「1854년 12월의 세바스토폴」 「1855년 5월의 세바스토폴」 「1855년 8월의 세바스토폴」 발표. 11월에 페테르부르크로 여행. 이곳에서 문학계의 대대적인 환영을 받음.

1856년　「눈보라」 「두 경기병」 「지주의 아침」 발표. 5월에 전역하여 영지 야스나야 폴랴나로 돌아옴.

1857년　1월 《소브레멘니크》에 「청년 시절」 발표. 같은 달 첫 유럽 여행. 행선지는 독일, 프랑스, 이탈리아, 스위스. 여행 중 받은 인상을 「네흘류도프 공작의 수기: 루체른」에 담음.

1858~59년　「알베르트」 「세 죽음」 「가정의 행복」 발표. 농촌 어린이 교육에 헌신.

1860~61년　두 번째 유럽 여행. 행선지는 독일, 프랑스, 이탈리아, 벨기에, 영국. 유럽 각국의 교육제도 연구.

1861~62년　지주와 농부의 분쟁을 조정하는 치안판사 직무 수행.

1862년　9월 23일 모스크바 의사 집안 출신의 소피야 안드레예브나 베르스와 결혼. 이때 신부의 나이는 18세, 신랑은 34세.

1862~63년　교육잡지 《야스나야 폴랴나》 발간. 「카자크인들」 「폴리쿠슈카」 발표.

1868~69년	장편소설 『전쟁과 평화』 발표.
1875년	「새로운 알파벳」 「러시아 독본」 발표.
1875~77년	장편소설 『안나 카레니나』 발표. 1878년에 단행본으로 출간.
1879~82년	러시아 정교회에서 탈퇴. 지주생활 청산 선언. 도덕적으로 완전무결한 참된 기독교 지향. 종교성과 윤리성을 강조한 「참회록」 저술.
1880~86년	러시아 평민을 위한 이야기 저술, 발표.
1881년	모스크바로 이주.
1882년	모스크바 빈민굴 인구센서스에 참가. 러시아 사회의 모순을 비판하는 일련의 글 발표.
1883~84년	「나의 신앙의 요체」에서 러시아 정교회를 신랄히 비판.
1889~90년	「홀스토메르」 「이반 일리치의 죽음」, 희곡 「어둠의 힘」 발표. 「크로이체르 소나타」 「악마」, 희곡 「교육의 열매」 발표.
1891~94년	흉작으로 대기근에 시달리는 농부들을 돕기 위한 캠페인 조직. 기근에 관한 일련의 글 발표.
1895년	「주인과 하인」 완성. 체호프가 찾아옴.
1897~98년	「예술이란 무엇인가」에서 데카당 사조를 비판하고 국민을 위한 예술 강조.
1899년	장편소설 『부활』 발표.
1900년	희곡 「살아 있는 시체」 발표. 고리키가 찾아옴.
1901년	2월 러시아 정교로부터 파문당함. 12월에 건강 악화로 크림 반도에서 요양. 이곳에서 체호프와 고리키 만남. 요양 후 야스나야 폴랴나로 이주.
1910년	10월 28일 가족들 몰래 가출. 11월 7일 철도 간이역 아스타포보(현 톨스토이역)에서 사망. 11월 9일 야스나야 폴랴나에 매장.